Georges Simenon

L'Étoile du Nord

et autres enquêtes de Maigret

Gallimard

Ces nouvelles sont extraites des
Nouvelles enquêtes de Maigret (Folio Policier n° 679).

© *Éditions Gallimard, 1944, renouvelé en 2009,
2015 pour la présente édition.*
GEORGES SIMENON ® ↳ Simenon.tm, *all rights reserved.*
MAIGRET ® *Georges Simenon Limited,
all rights reserved.*

Georges Simenon naît à Liège le 13 février 1903.
Après des études chez les jésuites, il devient, en 1919, apprenti pâtissier, puis commis de librairie, et enfin reporter et billettiste à *La Gazette de Liège*. Il publie en souscription son premier roman, *Au pont des Arches*, en 1921 et quitte Liège pour Paris. Il se marie en 1923 avec « Tigy », et fait paraître des contes et des nouvelles dans plusieurs journaux. *Le roman d'une dactylo*, son premier roman « populaire », paraît en 1924, sous un pseudonyme. Jusqu'en 1930, il publie contes, nouvelles, romans chez différents éditeurs. En 1931, le commissaire Maigret commence ses enquêtes... On tourne les premiers films adaptés de l'œuvre de Georges Simenon. Il alterne romans, voyages et reportages, et quitte son éditeur Fayard pour les Éditions Gallimard où il rencontre André Gide. Durant la guerre, il est responsable des réfugiés belges à La Rochelle et vit en Vendée. En 1945, il émigre aux États-Unis. Après avoir divorcé et s'être remarié avec Denise Ouinet, il rentre en Europe et s'installe définitivement en Suisse. Parmi ses romans les plus célèbres, *Les demoiselles de Concarneau* raconte l'histoire d'un mensonge dans un climat familial pesant ; *Le bourgmestre de Furnes*, portrait d'un homme sûr de lui, que le doute n'effleure pas, jusqu'au jour où il rencontre la passion... Dans *Les inconnus dans la maison*, un avocat veuf et réfugié dans l'alcool voit sa vie basculer lorsqu'il trouve un cadavre

chez lui. *La vérité sur Bébé Donge* explore la faillite d'un couple qui mène au meurtre. Adapté au cinéma avec Simone Signoret et Alain Delon, *La veuve Couderc* est l'histoire simple d'une jalousie morbide. La publication de ses œuvres complètes (72 volumes !) commence en 1967. Cinq ans plus tard, il annonce officiellement sa décision de ne plus écrire de romans.

Georges Simenon meurt à Lausanne en 1989.

Personnage excessif, écrivain de génie, père du célèbre Maigret et d'une importante œuvre romanesque, Simenon restera l'un des romanciers majeurs du XXᵉ siècle.

Découvrez, lisez ou relisez les livres de Georges Simenon en Folio :

Les enquêtes du commissaire Maigret

SIGNÉ PICPUS (Folio Policier n° 591)

LES CAVES DU MAJESTIC (Folio Policier n° 590)

CÉCILE EST MORTE (Folio Policier n° 557)

LA MAISON DU JUGE (Folio Policier n° 556)

FÉLICIE EST LÀ (Folio Policier n° 626)

L'INSPECTEUR CADAVRE (Folio Policier n° 371)

LES NOUVELLES ENQUÊTES DE MAIGRET (Folio Policier n° 679)

Romans

LOCATAIRE (Folio Policier n° 45)

45° À L'OMBRE (Folio Policier n° 289)

LES DEMOISELLES DE CONCARNEAU (Folio Policier n° 46)

LE TESTAMENT DONADIEU (Folio Policier n° 140)

L'ASSASSIN (Folio Policier n° 61)

FAUBOURG (Folio Policier n° 158)

CEUX DE LA SOIF (Folio Policier n° 100)

CHEMIN SANS ISSUE (Folio Policier n° 247)

LES TROIS CRIMES DE MES AMIS (Folio Policier n° 159)
LA MAUVAISE ÉTOILE (Folio Policier n° 213)
LE SUSPECT (Folio Policier n° 54)
LES SŒURS LACROIX (Folio Policier n° 181)
LA MARIE DU PORT (Folio Policier n° 167)
L'HOMME QUI REGARDAIT PASSER LES TRAINS (Folio Policier n° 96)
LE CHEVAL BLANC (Folio Policier n° 182)
LE COUP DE VAGUE (Folio Policier n° 101)
LE BOURGMESTRE DE FURNES (Folio Policier n° 110)
LES INCONNUS DANS LA MAISON (Folio Policier n° 90)
IL PLEUT BERGÈRE... (Folio Policier n° 211)
LE VOYAGEUR DE LA TOUSSAINT (Folio Policier n° 111)
ONCLE CHARLES S'EST ENFERMÉ (Folio Policier n° 288)
LA VEUVE COUDERC (Folio Policier n° 235)
LA VÉRITÉ SUR BÉBÉ DONGE (Folio Policier n° 98)
LE RAPPORT DU GENDARME (Folio Policier n° 160)
L'AÎNÉ DES FERCHAUX (Folio Policier n° 201)
LE CERCLE DES MAHÉ (Folio Policier n° 99)
LES SUICIDÉS (Folio Policier n° 321)
LE FILS CARDINAUD (Folio Policier n° 339)
LE BLANC À LUNETTES (Folio Policier n° 343)
LES PITARD (Folio Policier n° 355)
TOURISTE DE BANANES (Folio Policier n° 384)
LES NOCES DE POITIERS (Folio Policier n° 385)
L'ÉVADÉ (Folio Policier n° 379)
LES SEPT MINUTES (Folio Policier n° 398)
QUARTIER NÈGRE (Folio Policier n° 426)
LES CLIENTS D'AVRENOS (Folio Policier n° 442)

LA MAISON DES SEPT JEUNES FILLES *suivi du* CHÂLE DE MARIE DUDON (Folio Policier n° 443)
LES RESCAPÉS DU TÉLÉMAQUE (Folio Policier n° 478)
MALEMPIN (Folio Policier n° 477)
LE CLAN DES OSTENDAIS (Folio Policier n° 558)
MONSIEUR LA SOURIS (Folio Policier n° 559)
L'OUTLAW (Folio Policier n° 604)
BERGELON (Folio Policier n° 625)
LONG COURS (Folio Policier n° 665)
CHEZ KRULL (Folio Policier n° 670)
COUR D'ASSISES (Folio Policier n° 712)
LE BILAN MALÉTRAS (Folio Policier n° 732)
NOUVELLES EXOTIQUES (Folio Policier n° 769)
L'ÉNIGME DE LA *MARIE-GALANTE* (Folio 2 € n° 3863)

Rue Pigalle

Quelqu'un qui serait entré par aventure chez Marina n'y aurait sans doute vu que du feu. Lucien, le patron, en épais chandail beige qui le faisait paraître plus petit et plus large, tripotait ses bouteilles derrière le comptoir, transvasait, rebouchait, changeait méticuleusement le cuir du robinet et, s'il était maussade, cela pouvait se mettre sur le compte de l'heure et du temps.

Car c'était un matin gris et plus froid que les autres, un matin à vous amener de la neige, à traîner au lit. Il était à peine neuf heures et la rue Pigalle n'était pas très animée.

Le client de passage se serait sans doute demandé quel était ce gros monsieur en pardessus épais qui fumait sa pipe, le dos au poêle, tout en réchauffant dans sa main un verre d'alcool et, certes, il n'aurait pas pensé au commissaire Maigret, de la Police judiciaire.

Par terre, il aurait aperçu une servante bretonne, Julie, à l'air toujours effrayé, au visage criblé de taches de son, vêtue comme un souillon, qui essuyait le pied des tables.

Dans les restaurants de Pigalle, on commence rarement de bonne heure. Le ménage n'était pas fait. Des verres sales traînaient encore et dans la cuisine, dont la porte était ouverte, on pouvait voir la patronne, Marina en personne, plus sale et plus déjetée encore que sa bonniche.

L'ensemble était plutôt paisible, familier. À la table du fond, il y avait encore deux hommes, mais ils n'avaient pas si mauvaise mine, bien qu'ils ne fussent pas rasés et que leurs complets fussent fripés comme celui de gens qui ont passé la nuit.

En vérité, le client entrant à l'improviste n'aurait vu là qu'un petit restaurant comme les autres, un restaurant d'habitués, pas très propre, évidemment, mais pas antipathique dans le matin frileux.

Il aurait sans doute changé d'avis en voyant soudain Maigret aviser au portemanteau le pardessus en poil de chameau d'un des clients, s'en approcher, plonger la main dans les poches et en tirer sans surprise un casse-tête américain, puis en entendant le commissaire dire d'un ton bon enfant :

— Hé ! Christiani... C'est toujours le mien ?

Une demi-heure plus tôt, alors qu'il arrivait au Quai des Orfèvres, Maigret avait été appelé au téléphone par quelqu'un qui insistait pour lui parler personnellement. Son correspondant faisait des efforts évidents pour déguiser sa voix.

— C'est bien vous, commissaire ?... Dites donc,

Rue Pigalle

il y a eu du pétard, cette nuit, chez Marina... Si vous alliez faire un tour par là, vous rencontreriez peut-être votre ami Christiani... Et vous pourriez avoir l'idée de lui demander des nouvelles de Martino... Vous savez, le petit d'Antibes, dont le frère vient de s'embarquer pour la Guyane ?...

Cinq minutes plus tard, Maigret savait, par le central, que le coup de téléphone venait d'un « tabac » de la rue Notre-Dame-de-Lorette. Un quart d'heure après il descendait de taxi au coin de la rue Pigalle au moment où, le long des trottoirs, les ruisseaux charriaient leur maximum de résidus.

Maigret, qui ne savait encore rien, aurait juré que c'était sérieux et probablement très sérieux, car ces dénonciations-là sont rarement de fantaisie.

La preuve, il l'eut tout de suite, comme il remontait lentement la rue à pied. Presque en face de chez Marina, il avisa un petit bar de bougnat qu'on s'étonnait de trouver coincé entre les boîtes de nuit. Dans ce bar, à l'affût près de la vitre, le commissaire reconnut deux hommes, le Niçois et Pepito, qu'on n'a pas l'habitude de rencontrer de si bonne heure, surtout dans un pareil endroit.

L'instant d'après, il poussait la porte du restaurant d'en face et apercevait, au fond, Christiani en compagnie d'une jeune recrue, René Lecœur, qu'on appelait le Comptable, parce qu'il avait été employé de banque à Marseille.

Dans ce genre d'affaires, il vaut mieux ne s'étonner de rien. Maigret porta la main à son chapeau melon et salua tout le monde comme un brave homme d'habitué qui vient boire son petit verre.

— Ça va, Lucien ?

Ce qui ne l'empêchait pas de remarquer que la serviette tremblait dans les mains du patron, ni que la bonne, en se redressant brusquement, se cognait la tête à une table.

— Beaucoup de monde, cette nuit ?... Donne-moi un café et un petit calvados...

Puis, entrant dans la cuisine :

— Ça va, Marina ?... J'ai vu qu'on t'avait cassé une glace, au-dessus du comptoir...

Car il avait noté du premier coup d'œil qu'une glace avait été brisée par une balle de revolver.

— C'est déjà vieux... se hâta d'expliquer Lucien. Un type que je ne connais pas, qui venait d'acheter un revolver et qui ne savait pas qu'il était chargé...

Depuis lors, tout se passait au ralenti. Il y avait plus d'un quart d'heure que Maigret était là et vingt répliques n'avaient pas été échangées. Tandis que la bonne continuait son travail, que Lucien restait à son comptoir, que Marina s'agitait dans la cuisine, le commissaire fumait sa pipe, buvait son alcool, allait de temps en temps jeter un coup d'œil au bistrot d'en face et revenait vers le poêle.

Il connaissait la maison comme ses poches. Lucien, après avoir eu des ennuis à Marseille, avait acheté une conduite et ouvert à Montmartre ce petit restaurant qu'il tenait avec sa femme. La clientèle était surtout formée d'anciens copains, des gens du milieu, bien sûr, mais pour la plupart assagis comme lui, devenus presque bourgeois.

C'était le cas de Christiani qui, dix ans plus tôt, n'hésitait pas, lors de son arrestation, à frapper Maigret d'un coup-de-poing américain et qui était maintenant propriétaire de deux « maisons » à Paris et d'une autre à Barcelonnette.

C'était à peu près le cas aussi de ceux d'en face, du Niçois surtout, qui avait des « maisons » comme Christiani, mais malheureusement concurrentes des siennes.

Le Niçois, c'était la bande des Marseillais, comme on disait dans le milieu, tandis que Christiani était le patron des Corses.

— Dis donc, il y a longtemps que ton petit ami est installé chez l'Auvergnat d'en face ?

— Je ne m'occupe pas de ces gens-là ! répliqua Christiani avec mépris.

— C'est possible ! Mais lui, il m'a l'air de s'occuper de toi. Et tiens, si je ne savais pas que tu es un homme, je penserais que c'est sa présence dans le petit bistrot qui t'empêche de sortir...

Un temps. Une gorgée de calvados.

— Oui... Je m'imaginerais les choses ainsi... Cette nuit, pour une raison ou pour une autre, il se serait passé du vilain... Et, depuis lors, le Niçois et Pepito vous attendraient dehors, si bien que vous auriez été obligés de dormir tous les deux sur les banquettes...

Tout en parlant, il s'approchait du Comptable et tapotait les faux plis de son veston.

— Seulement, je me demande ce qui aurait pu se passer, étant donné que tout le monde sait que Lucien n'aime pas la casse et que tu n'es plus un homme qui se mouille... À propos, le frère de Martino, qui s'est embarqué hier à l'île de Ré, t'adresse le bonjour...

Très cordial, tout cela ! Bon enfant même ! N'empêche que Christiani avait tressailli et que Maigret, profitant de ce que le Comptable était debout, lui tâtait les poches et en tirait un fort couteau à cran d'arrêt.

— Dangereux, fiston !... Faut pas se promener avec ces joujoux-là... Et toi, Christiani, tu n'as rien pour moi en poche ?

Christiani haussa les épaules, sortit un revolver Smith et Wesson qu'il tendit au commissaire.

— Tiens ! il manque une balle... Sans doute celle qui a cassé la glace... Ce qui m'étonne par exemple, c'est que tu ne l'aies pas remplacée et que tu n'aies pas pris la peine de nettoyer le canon...

Il glissait couteau, casse-tête et revolver dans la poche de son pardessus et, avec l'air de n'y pas toucher, fouillait dans tous les coins, ouvrait même la glacière et la cabine du téléphone. Mais c'était surtout son esprit qui travaillait. Il essayait de comprendre. Il échafaudait des hypothèses qu'il rejetait les unes après les autres.

— Tu sais que le Niçois a dit à Martino que son frère avait été « donné » ? C'est du moins ce qu'on vient de me raconter... Si je t'affranchis, c'est pour que tu l'évites, car il pourrait te faire des reproches et il a l'habitude d'être armé...

— Où voulez-vous en venir ? grommela Christiani qui, en apparence, restait aussi calme que Maigret.

— À rien... J'aimerais voir Martino... Je ne sais pas pourquoi, mais je serais curieux de le voir...

En attendant, il s'était assuré que personne, mort ou vif, n'était caché dans le restaurant, ni dans la cuisine, ni dans la chambre de Lucien et de Marina qui y faisait suite.

À neuf heures et demie, un livreur apporta une caisse d'apéritifs puis, presque aussitôt après, une immense voiture jaune des Voyages Duchemin s'arrêta devant l'immeuble, repartit un peu plus tard.

— Tu me donneras une tranche de saucisson, Marina, de celui que tu fais toi-même...

Et soudain Maigret fronça les sourcils car, de la chambre, un nouveau personnage émergeait qui était aussi surpris que le commissaire.

— D'où viens-tu, toi ?

— Je... j'étais couché sur le lit...

C'était Fred, l'associé de Christiani dans certaines affaires ; il mentait puisque Maigret venait de constater que la chambre était vide.

— À ce que je vois, grommela le commissaire, vous êtes tous tellement attachés à la maison que vous ne la quittez plus !... Donne-moi ton « feu » aussi...

Fred hésita, tendit son revolver, un Smith et

Wesson également, auquel il ne manquait pas de cartouche.

— Vous me le rendrez ?

— C'est possible... Cela va dépendre de ce que me dira Martino... Je l'attends d'une minute à l'autre... Oui, je lui ai donné rendez-vous ici...

Il observait les visages et il voyait René Lecœur blêmir, avaler une rasade d'alcool.

Encore un effort... Il fallait trouver, coûte que coûte, et Maigret trouva, au moment même où il regardait vers la rue où passait un camion.

— Décroche le téléphone... ordonna-t-il à Christiani.

Car il ne voulait pas entrer dans la cabine, d'où il n'eût pu surveiller ses oiseaux.

— Demande-moi la Police judiciaire... Appelle Lucas à l'appareil... Tu l'as ?... Passe-moi le micro...

Le fil était heureusement assez long.

— C'est toi, Lucas ?... Tu vas téléphoner tout de suite aux Voyages Duchemin... Il faut retrouver celle de leurs voitures qui vient de livrer quelque chose ou de prendre livraison de quelque chose rue Pigalle... Compris ?... Vois ce que c'est... À toute allure !... Je reste ici, oui...

Puis, tourné vers la cuisine :

— Et ce saucisson, Marina ?

— Voilà, commissaire... Voilà...

— Je ne crois pas que ces messieurs en veuillent... Ou je me trompe fort, ou ils doivent manquer d'appétit...

À onze heures dix chacun était encore à sa place, y compris le Niçois et son compagnon chez le bougnat d'en face. À onze heures onze, Lucas sautait d'un taxi, très excité, poussait la porte, faisait signe à Maigret qu'il avait quelque chose d'important à lui dire.

— Tu peux parler devant ces messieurs, ce sont des amis...

— J'ai pu rejoindre la voiture, boulevard Rochechouart... Ils ont chargé une malle... On leur a téléphoné de cette maison... Un locataire du troisième, M. Béchevel... Une énorme malle, ou plutôt un coffre à expédier en petite vitesse à Quimper...

— Tu l'as laissé partir, j'espère ! plaisanta Maigret.

— Je l'ai fait ouvrir... Il contenait un cadavre, celui de Martino, le frère de...

— Je sais... Ensuite...

— Le docteur Paul était chez lui et il a pu venir aussitôt... J'ai la balle, qui était restée dans la blessure...

Maigret la tripota d'un air indifférent, murmura comme pour lui-même :

— Browning 6,35... Tu vois comme ça tombe : ces messieurs, qui ont passé la nuit ici, n'ont que des Smith et Wesson...

On ne pouvait pas prévoir ce qu'il allait faire. Même à ce moment, quelqu'un qui serait entré n'aurait pas deviné un drame et Lucien s'ingéniait à s'occuper toujours derrière son comptoir.

— Veux-tu que je te dise ce que je pense ?... Cela restera entre nous, n'est-ce pas ?... Cette nuit, Martino, qui avait trop bu, s'est mis dans la tête que c'est à cause de Christiani que son frère a été embarqué... Il est venu lui réclamer des comptes... Et, ma foi, comme il était énervé, il lui est arrivé un accident... Tu comprends ?

Lucas se demandait, lui aussi, où le patron voulait en venir. Christiani allumait une cigarette et en rejetait la fumée avec une fausse désinvolture.

— Seulement, le Niçois et Pepito attendaient dans la rue... Ils n'ont pas osé entrer, mais ils ont préféré attendre les autres à la sortie.

» Tu y es, maintenant ?... C'est pourquoi nos amis, ici présents, ont dormi sur les banquettes tandis que le Niçois faisait les cent pas puis, au petit jour, s'installait chez le bougnat... Le plus ennuyeux, c'était ce sacré cadavre qu'on ne pouvait quand même pas laisser sur les bras de Lucien... Qu'est-ce que tu aurais fait, toi, Christiani ?... Tu es un homme intelligent...

Christiani haussa dédaigneusement les épaules.

— Réponds-moi, Lucien... Qu'est-ce, ce Béchevel qui habite au troisième ?...

— Un vieux monsieur impotent...

— C'est bien ce que je pensais... Quelqu'un est monté là-haut, au petit matin, et lui a fait comprendre qu'il devait se tenir peinard... Avant que la maison soit réveillée, on a monté le corps là-haut, en passant par-derrière, et on l'a bouclé dans un coffre du vieux... Puis on a téléphoné aux Voyages Duchemin... Va demander au troisième si c'est vrai... Je suis sûr qu'on te donnera le signalement de notre ami Fred, qui s'est chargé de la besogne...

— Qu'est-ce que ça prouve ? grogna Fred.

— Sûr que ça ne prouve pas que c'est toi qui l'as refroidi... Marina !... Donne-leur quand même du saucisson. Je vais les emmener au Quai et j'en aurai peut-être pour un bon moment avec eux...

Toujours rien de tragique ! La preuve, c'est qu'un encaisseur traita sa petite affaire avec Lucien et ne s'aperçut de rien.

— T'as toujours rien à me dire, Christiani ?

— Rien...

— Et toi, le Comptable ? Au fait, c'est la première fois que je te trouve embarqué dans une affaire sérieuse...

— Je ne comprends rien à ce que vous dites, fit le môme d'une voix tendue.

— Alors, il n'y a plus qu'à attendre Lucas...

On attendit. Et les autres attendaient toujours aussi, en face. Et le mouvement de la rue devenait plus intense tandis que le ciel s'éclaircissait un peu, que la lumière blanchissait.

— Pas de chance, Lucien, que ça se soit passé chez toi !... Faut jamais laisser casser les glaces... Ça porte malheur...

Lucas revenait déjà, annonçait :

— C'est exact !... J'ai trouvé le pauvre homme bâillonné... Il m'a donné le signalement de Fred, mais il y en avait cette nuit un autre qu'il n'a pas vu... Ils lui ont sauté dessus alors qu'il dormait encore...

— Ça va !... Téléphone pour un taxi... Attends !... Téléphone aussi à la « maison » pour qu'on envoie quelqu'un surveiller ceux d'en face, qu'ils ne fassent pas de pétard...

Et Maigret, se grattant la tête, regarda ses trois lascars en soupirant :

— D'ici là, on saura peut-être lequel de vous a tiré...

Maigret, en homme qui a tout son temps et qui ne sait que faire, avisa une des tables et y étala une véritable panoplie, rangeant le casse-tête de Christiani à côté du revolver de celui-ci et de celui de Fred, puis posant un peu plus loin le couteau de Lecœur.

— Ne t'affole pas de tout ce que je vais te dire, petit, lança-t-il à ce dernier, qu'on eût cru sur le point de s'évanouir. C'est ta première affaire, mais ce ne sera probablement pas ta dernière... Ce revolver, vois-tu, c'est bien celui de Christiani, qui est depuis trop longtemps dans le métier pour jouer avec un petit browning comme celui qui a tué Martino... Fred, lui aussi, est un cheval de retour qui aime les armes sérieuses... Quand la bagarre a éclaté, Christiani a tiré et on a dû lui pousser le bras, car il n'a atteint que la glace... Puis toi, avec ton petit browning...

— Je n'ai pas de browning, parvint à articuler le Comptable.

— Justement ! *C'est parce que tu n'en as pas que c'est toi qui as tiré.* Fred a gardé son arme parce qu'il savait qu'elle prouverait son innocence. Christiani n'a même pas nettoyé la sienne, pour montrer qu'il n'a tiré qu'une balle et qu'elle n'a atteint personne... Ils savent tous les deux ce que c'est qu'une expertise et ils ont joué le jeu... Tandis que toi, il fallait que tu fasses disparaître ton revolver, puisqu'il aurait prouvé que tu es le meurtrier... Où l'as-tu mis ?

— Je n'ai pas tué !

— Je te demande où tu l'as mis... Demande à Christiani... Il est trop tard pour faire le mariolle...

— Vous ne trouverez pas de browning...

Maigret le regarda avec pitié et murmura du bout des lèvres :

— Pauvre imbécile, va !

D'autant plus pauvre et plus imbécile que ce n'était pas à lui que Martino en voulait et que, s'il avait bien tiré, c'était pour prouver aux autres qu'il avait du cran.

Quand Lucas revint, Maigret lui dit à mi-voix :

— Cherche partout... Surtout sur le toit... Ils n'ont pas été assez bêtes pour cacher l'arme chez Lucien, ni chez le vieux... Si, en haut de l'escalier, il y a une lucarne qui donne sur le toit...

Il emmena son monde, tandis que deux ou trois promeneurs trop innocents en apparence surveillaient le bistrot d'en face.

Christiani, dans son pardessus en poil de chameau, avait l'air d'un bon bourgeois qu'on emmène par erreur et qu'on relâchera aussitôt avec des excuses. Fred crânait. Le Comptable bandait tous ses nerfs.

L'affaire était la plus classique qui soit. Maigret avait toujours prétendu que, sans le hasard, cinquante pour cent des criminels échapperaient au châtiment et que, sans les dénonciations, cinquante autres pour cent resteraient en liberté.

Cela avait l'air d'une boutade, surtout quand il le disait de sa bonne grosse voix.

N'empêche que la dénonciation avait joué, puis le hasard, qui lui avait permis d'apercevoir la voiture jaune des Voyages Duchemin.

Mais ne restait-il pas un sérieux pourcentage de métier, de connaissance des gens et même de ce qu'on appelle le flair ?

À trois heures de l'après-midi, on trouvait le browning sur le toit, où on l'avait en effet jeté par la lucarne.

À trois heures et demie, le Comptable avouait en pleurant et Christiani, donnant l'adresse d'un avocat célèbre, affirmait :

— Vous verrez que ça me fera dans les six mois !

Sur quoi Maigret soupira sans le regarder :

— Moi, avec le coup-de-poing américain, je n'en avais eu que pour deux dents...

Stan le Tueur

1

Maigret, les mains derrière le dos, la pipe aux dents, marchait lentement, ne poussant qu'avec peine sa lourde masse dans la cohue de la rue Saint-Antoine qui vivait sa vie de tous les matins, avec du soleil qui ruisselait d'un ciel clair sur les petites charrettes chargées de fruits et de légumes et sur les éventaires qui encombraient presque toute la largeur du trottoir.

C'était l'heure des ménagères, des artichauts qu'on soupèse et des cerises que l'on goûte, des escalopes et des entrecôtes se succédant sur les balances.

— Par ici, les belles asperges à cinq francs la grosse botte !...

— Merlans frais !... Profitez de l'arrivage !...

Des commis en tablier blanc, des bouchers en toile finement quadrillée, des odeurs de fromage devant une crémerie et plus loin des relents de café grillé ; tout le petit commerce agité de l'alimentation et le défilé des ménagères méfiantes, le timbre des caisses enregistreuses et le lourd passage des autobus...

Nul ne se doutait que c'était le commissaire Maigret qui allait de la sorte, ni qu'il s'agissait d'une des affaires les plus angoissantes qu'il fût possible d'imaginer.

Presque en face de la rue de Birague, il y avait un petit café, le *Tonnelet Bourguignon*, dont la maigre terrasse ne se composait que de trois tables. C'est là que Maigret s'assit, avec toutes les apparences d'un promeneur fatigué. Il ne leva même pas les yeux sur le garçon long et maigre qui s'avançait et qui attendait sa commande.

— Un petit mâcon blanc... grommela le commissaire.

Et qui aurait deviné que le garçon du *Tonnelet Bourguignon*, parfois maladroit dans ses gestes, n'était autre que l'inspecteur Janvier ?

Il revenait avec le verre de vin en équilibre instable sur un plateau. D'une serviette douteuse, il essuyait la table et un petit papier tombait à terre, que Maigret ramassait peu après.

La femme est sortie pour faire son marché. Pas vu le Borgne. Le Barbu est parti de bonne heure. Les trois autres doivent être restés à l'hôtel.

La bousculade, à dix heures du matin, ne faisait que croître. À côté du *Tonnelet*, une épicerie faisait une vente-réclame et les « aboyeurs » arrêtaient les passants pour leur donner à goûter des biscuits à deux francs la grande boîte.

Juste au coin de la rue de Birague, on voyait l'enseigne d'un hôtel miteux, un de ces hôtels où on loge « au mois, à la semaine ou à la journée », non sans « payer d'avance » et cet hôtel, par ironie, sans doute, avait choisi le nom de *Beauséjour*.

Maigret savourait son petit vin blanc sec et son regard ne semblait rien chercher de spécial dans cette foule bariolée qui grouillait au soleil de printemps. Pourtant, ce regard ne tarda pas à s'arrêter sur une fenêtre, au premier étage d'une maison de la rue de Birague, presque vis-à-vis de l'hôtel. À cette fenêtre, un petit vieux était assis près de la cage d'un canari et ne paraissait avoir d'autre souci que de se chauffer au soleil tant que Dieu daignait encore lui prêter vie.

C'était Lucas, le brigadier Lucas, qui s'était adroitement vieilli d'une vingtaine d'années et qui, bien qu'il eût repéré Maigret à sa terrasse, se gardait de lui adresser le moindre signe d'intelligence.

Tout cela constituait ce qu'en langage policier on appelle vulgairement une planque. Elle durait déjà depuis six jours et deux fois par jour pour le moins le commissaire s'en venait aux nouvelles, tandis que la nuit ses hommes étaient relayés par un sergent de ville qui n'en était pas tout à fait un, puisqu'il était inspecteur de la Police judiciaire, et par une fille qui faisait le trottoir dans les parages en évitant d'être accostée par des clients.

Les nouvelles de Lucas, Maigret les aurait tout

à l'heure, quand on l'appellerait au téléphone du *Tonnelet Bourguignon*. Et sans doute ne seraient-elles pas plus sensationnelles que celles de Janvier.

La foule passait tellement à ras de la terrasse minuscule que le commissaire était sans cesse obligé de rentrer les pieds sous sa chaise.

Or, soudain, sans qu'il y eût pris garde, un homme s'assit à côté de lui, à sa propre table, un homme mince et roux, aux yeux tristes, dont le visage lugubre avait quelque chose de clownesque.

— Encore vous ? grogna le commissaire.

— Je vous demande pardon, monsieur Maigret, mais je suis sûr que vous finirez par me comprendre et par accepter ce que je vous propose...

Et, à Janvier qui s'approchait avec les allures d'un parfait garçon :

— La même chose que mon ami...

Il avait un accent polonais très prononcé. Il devait avoir la gorge frêle, car il mâchonnait sans cesse un cigare de goudron qui accentuait encore ce que son aspect avait de burlesque.

— Vous commencez à me donner chaud aux oreilles ! fit Maigret sans aménité. Voulez-vous me dire comment vous saviez que je viendrais ici ce matin ?

— Je ne le savais pas.

— Alors, pourquoi êtes-vous venu ? Vous allez me faire croire que c'est par hasard que vous m'avez aperçu ?

— Non !

Les réflexes de l'homme étaient lents comme

ceux de ces gymnastes de music-hall qui s'intitulent acrobates flegmatiques. Il regardait devant lui, de ses yeux jaunes, ou plutôt il avait l'air de regarder dans le vide. Et il parlait d'une voix monocorde et triste, comme s'il eût récité de sempiternelles condoléances.

— Vous êtes méchant avec moi, monsieur Maigret...

— Cela ne répond pas à ma question. Comment se fait-il que vous soyez ici ce matin ?

— Je vous ai suivi !

— Depuis la Police judiciaire ?

— Bien avant... Depuis chez vous...

— Ainsi, vous m'avouez que vous m'espionnez ?

— Je ne vous espionne pas, monsieur Maigret. J'ai trop de respect et d'admiration pour vous ! Je vous ai déjà affirmé que je serai un jour votre collaborateur...

Et il soupirait nostalgiquement en contemplant son cigare au goudron terminé par une cendre artificielle en bois peint.

Les journaux n'en avaient pas parlé, sauf un, et ce journal, d'ailleurs, qui avait eu le tuyau Dieu sait comment, compliquait singulièrement la tâche du commissaire.

La police aurait tout lieu de croire que les bandits polonais, y compris Stan le Tueur, sont en ce moment à Paris.

C'était vrai, mais il aurait mieux valu le taire. En quatre ans, une bande de Polonais, dont on ne savait à peu près rien, avait attaqué cinq fermes, toujours dans le Nord, et toujours selon des méthodes identiques.

D'abord, il s'agissait chaque fois de fermes isolées, tenues par des vieillards. En outre, l'attentat avait invariablement lieu un soir de foire, et chez des gens qui, ayant vendu bon nombre de bestiaux, avait chez eux une grosse quantité d'argent liquide.

Rien de scientifique dans la méthode. L'attentat brutal, tel qu'il avait lieu au temps des voleurs de grands chemins. Un mépris absolu de la vie humaine.

Les Polonais tuaient ! Ils tuaient tous ceux qu'ils trouvaient dans la ferme, même s'il y avait là des enfants, sachant que c'était le seul moyen d'éviter d'être un jour reconnus.

Étaient-ils deux, cinq ou huit ?

Dans chaque cas, des gens avaient aperçu une camionnette. Un gamin d'une douzaine d'années prétendait avoir vu un homme borgne.

Certains affirmaient que les bandits, pour opérer, étaient munis de masques noirs.

Toujours est-il que, chaque fois, les fermiers étaient tués à coups de couteau, ou plus exactement égorgés dans l'exacte acception du terme.

L'affaire ne regardait pas Paris. Les diverses brigades mobiles de France s'en étaient occupées.

Deux années durant, le mystère était resté entier, ce qui n'était pas pour rassurer les campagnes.

Puis un renseignement était venu des environs de Lille, où des villages sont de véritables enclaves polonaises en terre française. Ce renseignement était vague. Il était même impossible d'en retrouver la source véritable.

— Les Polonais prétendent que c'est la bande de Stan le Tueur...

Mais, quand on interrogeait un à un les hommes des corons, qui pour la plupart ne parlaient pas le français, ils ne savaient plus rien, ou encore ils bafouillaient :

— On m'a dit...
— Qui, « on » ?
— Je ne sais pas... J'ai oublié...

Lors d'un crime dans la région de Reims, cependant, une domestique de ferme, dont les bandits devaient ignorer l'existence et qui dormait dans une soupente, avait été épargnée. Elle avait entendu les assassins parler une langue qu'elle croyait être du polonais. Elle avait aperçu les visages masqués de tissu noir, mais elle avait remarqué qu'un des hommes était borgne, et qu'un autre, un colosse de plus d'un mètre quatre-vingts de haut, était extraordinairement velu.

Ainsi en était-on arrivé à dire, dans les milieux policiers :

— Stan le Tueur... Le Barbu... Le Borgne...

Des mois durant, on n'en avait pas su davantage, jusqu'au jour où un petit inspecteur de la brigade des garnis avait fait une découverte. Il était chargé du quartier Saint-Antoine, où les Polonais pullulent. Il avait remarqué, dans un hôtel de la rue de Birague, un groupe équivoque où se trouvaient à la fois un borgne et un colosse au visage littéralement couvert de poils.

En apparence, c'étaient de pauvres gens. Le colosse velu occupait une chambre à la semaine, avec sa femme, mais presque chaque nuit il donnait asile à plusieurs compatriotes, tantôt deux tantôt cinq ; souvent aussi d'autres Polonais louaient la chambre voisine.

— Vous voulez vous occuper de ça, Maigret ? avait proposé le directeur de la Police judiciaire.

Or, le lendemain, alors que l'affaire avait été tenue secrète, un journal publiait l'information !

Le surlendemain, dans son courrier, Maigret trouvait une lettre écrite maladroitement, d'une écriture presque enfantine, avec de nombreuses fautes d'orthographe, sur du mauvais papier comme on en vend chez les épiciers :

Stan ne se laissera pas prendre. Prenez garde. Avant que vous l'ayez réduit à l'impuissance, il aura eu le temps d'abattre du monde autour de lui.

Certes, on ne savait pas encore qui était Stan le Tueur, mais on avait de bonnes raisons de croire que le tuyau de la rue de Birague était juste, puisque l'assassin se donnait la peine d'envoyer une lettre de menaces.

Et cette lettre n'était pas une plaisanterie, Maigret en avait la certitude. Elle « sentait » le vrai, comme il disait. Elle avait comme un arrière-goût crapule.

— Soyez prudent, vieux ! avait recommandé le chef. Pas d'arrestation brusquée. L'homme qui a égorgé seize personnes en quatre ans n'hésitera pas à vider son barillet autour de lui quand il se verra sur le point d'être pris...

Voilà pourquoi Janvier était devenu garçon de café en face de l'*Hôtel Beauséjour*, tandis que Lucas s'était transformé en vieil impotent passant ses journées à humer le soleil à sa fenêtre.

Le quartier continuait sa vie bruyante, sans se douter que d'une minute à l'autre un homme aux abois pourrait faire feu en tous sens autour de lui...

— Monsieur Maigret, je suis venu pour vous dire...

Et Michel Ozep avait surgi.

Sa première rencontre avec Maigret datait de quatre jours. Il s'était présenté à la P.J. et avait insisté pour être reçu par le commissaire en personne. Celui-ci l'avait fait attendre plus de deux heures, ce qui n'avait pas démonté le bonhomme.

Une fois dans le bureau, il avait claqué les talons, s'était courbé en tendant la main :

— Michel Ozep, ancien officier polonais, professeur de gymnastique à Paris...

— Asseyez-vous, je vous écoute.

Le Polonais parlait avec un accent prononcé et d'une façon si volubile qu'on ne pouvait pas toujours le suivre. Il expliquait qu'il appartenait à une très bonne famille, qu'il avait quitté la Pologne à la suite de chagrins intimes – il donnait à entendre qu'il était amoureux de la femme de son colonel ! – et qu'il était plus désespéré que jamais parce qu'il ne pouvait pas s'habituer à une vie médiocre.

— Vous comprenez, monsieur Maigret...

Il prononçait « Maigrette ».

— ... Je suis un gentilhomme... Ici, je donne des leçons à des gens sans culture et sans éducation... Je suis pauvre... J'ai décidé de me suicider...

Maigret s'était d'abord dit : « Un fou ! »

Car le Quai des Orfèvres a l'habitude des visites de ce genre et bon nombre de détraqués éprouvent le besoin d'y venir faire des confidences.

— J'ai essayé il y a trois semaines... Je me suis jeté dans la Seine du pont d'Austerlitz, mais les agents de la brigade fluviale m'ont aperçu et m'ont retiré de l'eau...

Sous un prétexte, Maigret passa à côté, téléphona à la brigade fluviale, constata que c'était vrai.

— Six jours plus tard, j'ai voulu me donner la mort par le gaz d'éclairage, mais le facteur est venu avec une lettre et a ouvert la porte...

Coup de téléphone au commissariat du quartier. C'était encore vrai !

— Je veux vraiment me tuer, comprenez-vous ? Mon existence n'a plus de valeur. Un gentilhomme ne peut accepter de vivre ainsi dans la misère ou dans la médiocrité. Alors, j'ai pensé que vous aviez peut-être besoin d'un homme comme moi...

— Pour quoi faire ?

— Pour vous aider à arrêter Stan le Tueur.

Maigret avait froncé les sourcils.

— Vous le connaissez ?

— Non... J'ai seulement entendu parler de lui... Comme Polonais, je suis indigné qu'un homme de mon pays viole ainsi les lois de l'hospitalité... Je souhaite que Stan et sa bande soient arrêtés... Je sais qu'il a résolu de se défendre sauvagement... Donc, parmi ceux qui voudront le prendre, il y aura sûrement des morts... Ne vaut-il pas mieux que ce soit moi, puisque je veux quand même mourir ?... Dites-moi où est Stan ?... J'irai et je le désarmerai... Au besoin, je le blesserai, pour qu'il ne soit plus dangereux...

Maigret n'avait pu qu'employer la formule traditionnelle :

— Laissez-moi votre adresse... Je vous écrirai...

Michel Ozep habitait en meublé rue des Tournelles, non loin, précisément, de la rue de Birague. Un inspecteur s'était occupé de lui. Le rapport était plutôt en sa faveur. En effet, il avait été sous-lieutenant dans l'armée polonaise quand celle-ci s'était constituée. Puis on perdait sa trace. On le retrouvait à Paris, où il essayait de donner des leçons de gymnastique aux fils et aux filles de petits commerçants.

Ses tentatives de suicide n'étaient pas de l'invention.

N'empêche que Maigret, d'accord avec le chef de la P.J., lui avait adressé une lettre officielle qui se terminait par :

... ne puis, à mon grand regret, profiter de votre généreuse proposition dont je vous remercie...

Deux fois, depuis lors, Ozep s'était présenté quai des Orfèvres et avait insisté pour voir le commissaire. La seconde fois, il avait même refusé de s'en aller, prétendant qu'il attendrait là aussi longtemps qu'il le faudrait et occupant presque de force, des heures durant, un des fauteuils en velours vert de la salle d'attente.

Maintenant, Ozep était là, à la table de Maigret, à la terrasse du *Tonnelet Bourguignon*.

— Je veux vous prouver, monsieur Maigrette, que je suis bon à quelque chose et que vous pouvez accepter mes services. Voilà déjà trois jours que je vous suis et je suis capable de vous dire tout ce que vous avez fait pendant ce temps. Je sais aussi que le garçon qui vient de me servir est un de vos inspecteurs et qu'il y en a un autre à une fenêtre en face de nous, près d'une cage à canari...

Maigret serra furieusement le tuyau de sa pipe entre ses dents, évitant de regarder son interlocuteur qui parlait toujours d'une voix monocorde :

— Je comprends que, quand un inconnu vient vous déclarer : « Je suis un ancien officier de l'armée polonaise et je veux me suicider... » Je comprends que vous pensiez : « Ce n'est peut-être pas vrai... » Mais vous avez vérifié tout ce que je vous ai dit... Vous avez vu que je ne m'abaisse pas à mentir...

C'était un moulin à paroles, un moulin au débit rapide, saccadé, fatigant à écouter, d'autant plus que l'accent déformait les syllabes au point qu'il fallait une attention soutenue pour tout comprendre.

— Vous n'êtes pas polonais, monsieur Maigrette... Vous ne comprenez pas la mentalité... Vous ne parlez pas la langue... Moi, je veux sérieusement vous aider, parce qu'il ne faut pas que le renom de mon pays soit encore terni par...

Le commissaire commençait à étrangler de colère. Et l'autre qui, pourtant, devait s'en apercevoir, n'en continuait pas moins :

— Si vous essayez de prendre Stan, qu'est-ce qu'il fait ? Il a peut-être deux, peut-être trois revolvers dans ses poches... Il tire sur tout le monde... Qui sait si des petits enfants ne seront pas tués, des femmes blessées ?... Alors, on dira que la police...

— Vous ne voulez pas vous taire ?

— Moi, je tiens à mourir... Personne ne pleurera le pauvre Ozep... Vous me dites : « Voilà

Stan !... » Et je le suis comme je vous ai suivi... J'attends le moment où il n'y a pas de monde... Je lui déclare : « Tu es Stan le Tueur !... »

» Alors il tire sur moi et je tire dans ses jambes... Du fait qu'il tire sur moi, vous avez la preuve que c'est bien Stan et que vous ne faites pas une bêtise... Et, comme il est blessé...

Rien ne l'arrêtait ! Il aurait continué son boniment en dépit de l'univers entier.

— Si je vous faisais coffrer ? l'interrompit rudement Maigret.

— Pourquoi ?

— Pour avoir la paix !

— Qu'est-ce que vous diriez ? Qu'est-ce que le pauvre Ozep a fait contre les lois françaises qu'il veut au contraire défendre et pour lesquelles il donne sa vie ?

— Ta gueule !

— Vous dites ? Vous acceptez ?

— Rien du tout !

À ce moment, une femme passa, une femme aux cheveux blonds, au teint très clair, que tout le monde dans le quartier était capable de reconnaître pour une étrangère. Elle portait un sac à provisions et se dirigeait vers une boucherie.

Maigret, qui la suivait des yeux, remarqua que son compagnon éprouvait soudain le besoin de se moucher bruyamment, en se couvrant presque tout le visage de son mouchoir.

— C'est la maîtresse de Stan, n'est-ce pas ? disait-il quand la femme avait disparu.

— Est-ce que vous allez me ficher la paix, à la fin ?

— Vous êtes persuadé que c'est la maîtresse de Stan, mais vous ne savez pas lequel est Stan !... Vous croyez que c'est le barbu... Or, le barbu s'appelle Boris... Et le borgne s'appelle Sacha... Ce n'est pas un Polonais, mais un Russe... Si vous faites vous-même l'enquête, vous n'apprendrez rien, parce que dans l'hôtel il n'y a que des Polonais qui refuseront de vous répondre ou qui vous mentiront... Tandis que moi...

Nulle ménagère, dans l'agitation de la rue Saint-Antoine, ne soupçonnait les sujets débattus à cette minuscule terrasse du *Tonnelet Bourguignon*. La femme aux cheveux blonds, au teint clair, marchandait des côtelettes à l'étal d'un boucher proche et il y avait dans son regard un peu de cette lassitude qu'on lisait dans celui de Michel Ozep.

— Peut-être êtes-vous ennuyé parce que vous craignez, si je suis tué, des demandes d'explications ?... D'abord, je n'ai pas de famille... Ensuite, j'ai écrit une lettre dans laquelle je dis que c'est moi qui, seul et de mon plein gré, ai cherché la mort...

Sur le seuil, le pauvre Janvier ne savait comment faire pour expliquer à Maigret qu'il y avait un message téléphonique pour lui. Maigret s'en était aperçu, mais il continuait à observer son Polonais en tirant de petites bouffées de sa pipe.

— Écoutez, Ozep...

— Oui, monsieur Maigrette...

— Si on vous aperçoit encore dans les parages de la rue Saint-Antoine, je vous fais coffrer !

— Mais j'habite...

— Vous n'aurez qu'à habiter ailleurs !

— Vous refusez l'offre que... ?

— Filez !

— Mais...

— Filez, ou je vous arrête !

L'homme se leva, salua en claquant les talons et en se pliant en deux, s'éloigna d'une démarche digne. Maigret, qui avait aperçu un de ses inspecteurs, lui avait déjà fait signe de suivre l'étrange professeur de gymnastique.

Janvier pouvait enfin s'approcher.

— Lucas vient de téléphoner... Il a aperçu des armes dans la chambre et cinq Polonais ont couché cette nuit dans la pièce voisine, certains par terre, en laissant la porte de communication entrouverte... Qu'est-ce que c'est, ce type-là ?

— Rien... Je vous dois ?...

Et Janvier, reprenant son rôle, désignait le verre d'Ozep :

— Vous réglez la consommation du monsieur ?... Un franc vingt et un franc vingt, deux quarante...

Maigret se fit conduire en taxi à la P.J.

À la porte de son bureau, il trouva l'inspecteur qu'il avait chargé de suivre Ozep.

— Tu as perdu sa trace ? hurla-t-il. Tu n'as pas honte ? Je te charge d'une filature enfantine et...

— Je ne l'ai pas perdu, murmura humblement l'inspecteur qui était un nouveau.

— Où est-il ?

— Ici.

— C'est toi qui l'as amené ?

— C'est lui.

Car Ozep, en effet, s'était dirigé tout droit vers la P.J. et s'était installé paisiblement dans la salle d'attente, avec un sandwich, après avoir annoncé qu'il avait rendez-vous avec le commissaire « Maigrette ».

2

Travail moins prestigieux sans doute, mais non moins utile : Maigret, de sa grosse écriture, avec l'air de vouloir écraser la plume sur le papier, résumait en un rapport les divers renseignements obtenus en quinze jours de planques diverses autour de la bande des Polonais.

C'est en les alignant de la sorte qu'on pouvait constater combien ces renseignements étaient maigres, puisqu'on ne pouvait même pas fixer au juste le nombre d'individus faisant partie de la bande.

D'après les informations antérieures, c'est-à-dire d'après les gens qui, lors des attentats, avaient aperçu ou croyaient avoir aperçu les bandits, ceux-ci étaient tantôt quatre, tantôt cinq, mais il était probable que d'autres complices repéraient auparavant les fermes et fréquentaient les marchés.

Cela donnait à peu près le chiffre de six ou sept personnes et il semblait bien que c'était là le nombre d'individus qui rôdaient autour du noyau de la rue de Birague.

De locataires fixes, il n'y en avait que trois, qui avaient d'ailleurs rempli régulièrement leur fiche et montré des passeports en règle :

1. Boris Saft, celui que les enquêteurs appelaient le Barbu et qui paraissait vivre maritalement avec la femme blonde et pâle ;

2. Olga Tzérewski, vingt-huit ans, originaire de Vilna ;

3. Sacha Vorontzow, surnommé le Borgne.

C'était ce trio qui servait de base à l'enquête, comme il servait, semblait-il, de base à la bande.

Boris le Barbu et Olga occupaient une chambre.

Sacha le Borgne occupait la chambre voisine et la porte de communication entre les deux restait toujours ouverte.

Chaque matin, la jeune femme faisait son marché et préparait le repas sur un réchaud à alcool.

Le Barbu sortait peu, passait la plus grande partie de ses journées étendu sur le lit de fer, à lire les journaux polonais qu'on allait lui acheter à un kiosque de la place de la Bastille.

Le Borgne avait effectué quelques sorties et chaque fois il avait été suivi par un inspecteur. L'homme s'en doutait-il ? Toujours est-il qu'il s'était contenté de les promener dans Paris et de s'arrêter dans plusieurs cafés pour boire, sans adresser la parole à personne.

Le reste, c'était ce que Lucas appelait la « clientèle volante ». Des gens entraient et sortaient, toujours les mêmes, quatre ou cinq, à qui Olga donnait à manger et qui, parfois, couchaient dans une des deux chambres, par terre, pour repartir le matin.

Le fait n'avait rien d'extraordinaire, car il en était ainsi dans presque tout l'hôtel occupé par de pauvres gens, des exilés qui se mettaient à plusieurs pour payer une chambre ou qui hébergeaient des compatriotes rencontrés dans la rue.

Sur la « clientèle volante », Maigret possédait quelques notes :

1. Le Chimiste, qu'on appelait ainsi parce qu'il s'était présenté deux fois à la Bourse du Travail pour demander une place dans une usine de produits chimiques. Ses vêtements étaient très usés, mais d'assez bonne coupe. Des heures durant, il parcourait les rues de Paris avec les allures de quelqu'un qui cherche à gagner un peu d'argent et, toute une journée, il avait été embauché comme homme-sandwich ;

2. Épinard, ainsi nommé parce qu'il portait un invraisemblable chapeau vert épinard qui se remarquait d'autant plus que la chemise était d'un rose passé. Épinard sortait surtout le soir et on le voyait ouvrir les portières au seuil de quelque boîte de Montmartre ;

3. L'Enflé, un petit gros, poussif, mieux vêtu que les autres, encore que ses deux souliers ne fussent pas de la même paire.

Deux autres venaient encore rue de Birague, moins régulièrement, et il était difficile de dire s'ils appartenaient à la bande.

Maigret nota en dessous de cette liste :

Ces gens donnent l'impression d'étrangers sans argent, à la recherche d'un travail quelconque. Cependant, il y a toujours de la vodka dans les chambres et on y fait certains soirs de vrais gueuletons.

Il est impossible de savoir si la bande, se sentant surveillée, ne prend pas cette attitude pour dérouter la police.

D'autre part, s'il est vrai qu'un de ces individus soit Stan le Tueur, il semblerait que ce soit plutôt le Borgne ou le Barbu. Mais ceci n'est qu'une supposition.

C'est sans le moindre enthousiasme qu'il alla porter son rapport au chef.

— Rien de nouveau ?

— Rien de précis. Je jurerais que les gaillards ont repéré chacun de nos hommes et qu'ils s'amusent à multiplier les allées et venues les plus innocentes. Ils se disent que nous ne pouvons pas mobiliser éternellement une partie de la P.J. pour les surveiller. Ils ont le temps...

— Vous avez un plan ?

— Vous savez, chef, que les idées et moi sommes brouillés depuis longtemps. Je vais, je viens, je renifle. Il y en a qui croient que j'attends l'inspiration, mais ils se fourrent le doigt dans l'œil. Ce que j'attends, c'est le fait significatif qui ne manque jamais de se produire. Le tout, c'est d'être là quand il a lieu et d'en profiter...

— Vous attendez donc un petit fait ? murmura le chef en souriant, car il connaissait son homme.

— Ma conviction est celle-ci : nous nous trouvons bien en présence de la bande des Polonais. À cause de cet idiot de journaliste, qui est toujours à rôder dans les couloirs et qui a dû surprendre une conversation, nos gaillards sont alertés...

» Maintenant, pourquoi Stan a-t-il écrit, c'est ce que je me demande. Peut-être parce qu'il sait que la police hésite toujours à procéder à une arrestation en force ? Peut-être, et c'est le plus probable, par bravade. Les tueurs ont leur orgueil, j'allais dire leur orgueil professionnel...

» Lequel est Stan ?

» Pourquoi ce diminutif, qui est plus américain que polonais ?

» Vous savez que je mets le temps à me former une opinion... Eh bien, cela commence à venir... Depuis deux ou trois jours, il me semble que je sens la psychologie de mes gaillards bien différente de celle de meurtriers français...

» Ils ont besoin d'argent, non pour se retirer à la campagne, ou pour faire la noce dans les boîtes de nuit, ou encore pour filer à l'étranger, mais simplement pour vivre à leur guise, c'est-à-dire sans rien faire, manger, boire et dormir, passer des journées allongés sur un lit, ce lit fût-il crasseux, à fumer des cigarettes et à sécher des bouteilles de vodka...

» Ils éprouvent aussi le désir d'être ensemble, de rêver ensemble, de bavarder ensemble et, certains soirs, de chanter ensemble...

» À mon avis, leur premier crime accompli, ils ont vécu de la sorte jusqu'à épuisement de l'argent, puis ils ont préparé un nouveau coup. Dès que les fonds sont en baisse, ils recommencent, froidement, sans remords, sans la moindre pitié pour les vieux qu'ils égorgent et dont ils mangent les économies en quelques semaines ou en quelques mois...

» Maintenant que j'ai compris cela, j'attends...

— Je sais ! Le petit fait... plaisanta le directeur de la P.J.

— Ironisez tant que vous voudrez ! N'empêche que le petit fait est peut-être déjà là...

— Où ?

— Dans l'antichambre... Le bonhomme qui m'appelle Maigrette et qui veut à toutes forces m'aider à l'arrestation, fût-ce en y laissant sa peau... Il prétend que c'est un moyen comme un autre de se suicider...

— Un fou ?

— Peut-être ! Ou un complice de Stan qui aurait découvert ce moyen de connaître nos intentions. Toutes les suppositions sont permises et c'est bien ce qui rend mon type passionnant. Qu'est-ce qui empêche, par exemple, que ce soit Stan en personne ?

Et Maigret vida sa pipe en tapant de petits coups sur l'appui de la fenêtre, si bien que les cendres tombaient quelque part sur le quai, peut-être sur le chapeau d'un passant.

— Vous allez vous servir de cet homme ?

— Je crois que oui.

Là-dessus, le commissaire gagna la porte, évitant d'en dire davantage.

— Vous verrez, chef ! Cela m'étonnerait que la planque soit encore nécessaire après la fin de cette semaine.

Or, on était le jeudi après-midi !

— Assieds-toi là ! Cela ne t'énerve pas de sucer toute la journée cette saleté de cigare au goudron ?

— Non, monsieur Maigrette.

— Tu commences à m'impatienter avec ton Maigrette... Mais enfin !... Parlons sérieusement... Tu es toujours décidé à mourir ?

— Oui, monsieur Maigrette.

— Et tu veux toujours qu'on te confie une mission périlleuse ?

— Je veux vous aider à arrêter Stan le Tueur.

— Ainsi, si je te disais de t'approcher du Borgne et de lui tirer un coup de revolver dans les jambes, tu le ferais ?

— Oui, monsieur Maigrette. Mais il faudrait que vous me donniez un revolver. Je suis très pauvre et...

— Suppose maintenant que je te demande d'aller dire au Barbu, ou au Borgne, que tu as des renseignements sérieux, que la police va venir les arrêter...

— Je veux bien, monsieur Maigrette. J'attendrai que le Borgne passe dans la rue et je lui ferai la commission.

Le lourd regard du commissaire restait posé sur le mince Polonais et celui-ci ne s'en montrait pas gêné, ni inquiet. Rarement, Maigret avait vu chez un homme autant d'assurance en même temps qu'autant de calme.

Michel Ozep parlait de se tuer ou d'aller vers la bande des Polonais comme d'une chose toute simple, toute naturelle. À la terrasse de la rue Saint-Antoine comme dans les locaux de la Police judiciaire, il était aussi à l'aise.

— Tu ne les connais ni l'un ni l'autre ?

— Non, monsieur Maigrette.

— Eh bien, je vais te charger d'une mission. Tant pis pour toi s'il y a du grabuge !

Cette fois, Maigret baissait à demi les paupières pour cacher ce qu'il y avait de trop tendu dans son regard.

— Tout à l'heure, nous irons ensemble rue Saint-Antoine. Je t'attendrai dehors. Tu monteras dans la chambre en choisissant un moment où la femme sera seule. Tu lui diras que tu es un compatriote et que, par hasard, tu as appris que la police ferait cette nuit une descente à l'hôtel...

Silence d'Ozep.

— Tu as compris ?
— Oui.
— C'est convenu ?
— Je veux vous avouer quelque chose, monsieur Maigrette.
— Tu te dégonfles ?
— Je ne fais pas ce que vous dites... me « dégonfler »... non !... Seulement, j'aimerais mieux arranger l'affaire autrement... Vous croyez peut-être, comme ça, que je suis très hardi... C'est ainsi que vous dites ?... Or, avec les femmes, je suis un homme timide... Et les femmes sont intelligentes, beaucoup plus intelligentes que les hommes... Alors, elle verra que je mens... Et parce que je sais qu'elle verra que je mens, je rougirai... Et quand je rougirai...

Maigret ne bougeait pas, le laissait s'empêtrer dans une explication aussi touffue que mauvaise.

— J'aime mieux parler à un homme... Au barbu, si vous voulez, ou à celui que vous appelez le Borgne, ou à n'importe qui...

Peut-être parce qu'un rayon de soleil pénétrait obliquement dans le bureau et tombait en plein sur le visage de Maigret, celui-ci semblait sommeiller, comme un homme qu'un trop copieux déjeuner oblige à faire la sieste dans son fauteuil.

— C'est exactement la même chose, monsieur Maigrette...

Mais M. Maigrette ne répondait pas et le seul signe de vitalité qu'il donnât était un mince filet bleu qui s'élevait en spirale du fourneau de sa pipe.

— Je suis désolé... Vous pouvez me demander n'importe quoi, mais vous me demandez justement la seule chose...

— Ta gueule !

— Vous dites ?

— Je dis « ta gueule » ! En français, cela veut dire que tu peux te taire... Où as-tu connu la femme, Olga Tzérewski ?

— Moi ?

— Réponds !

— Je ne comprends pas ce que vous voulez dire...

— Réponds !

— Je ne connais pas cette femme... Si je la connaissais, je vous l'avouerais... Je suis un ancien officier de l'armée polonaise et si je n'avais pas eu des malheurs...

— Où l'as-tu connue ?

— Je vous jure, monsieur Maigrette, sur la tête de ma pauvre mère et de mon pauvre père...

— Où l'as-tu connue ?

— Je me demande pourquoi vous êtes devenu si méchant avec moi ! Vous me parlez brutalement ! Moi qui suis venu ici pour vous rendre service, pour éviter que des Français soient tués par un compatriote...

— Chante, fifi !

— Vous dites ?

— Chante, fifi ! Cela signifie chez nous : Continue ton boniment mais ça ne prend pas...

— Demandez-moi n'importe quoi...

— C'est ce que je fais !
— Demandez-moi autre chose, de me jeter sous une rame de métro, de sauter par la fenêtre...
— Je te demande d'aller voir cette femme et de lui dire que nous procéderons cette nuit à l'arrestation de la bande...
— Vous voulez absolument ?
— Tu es libre d'accepter ou de refuser !
— Et si je refuse ?
— Tu iras te faire pendre ailleurs !
— Pourquoi pendre ?
— Façon de parler... Enfin, tu essaieras de ne plus te trouver sur mon chemin...
— Vous arrêterez vraiment la bande cette nuit ?
— Probable !
— Et vous me permettrez de vous aider ?
— Possible... Nous verrons ça quand tu auras rempli ta première mission...
— À quelle heure ?
— Ta mission ?
— Non ! À quelle heure vous arrêterez ?
— Mettons une heure du matin.
— Je vais...
— Où ?
— Trouver la femme.
— Minute ! Nous partons ensemble !
— Il vaut mieux que j'aille seul... Si on nous voit, on comprendra que j'aide la police...

Bien entendu, le Polonais était à peine sorti du bureau que le commissaire mettait un inspecteur sur ses talons.

— Je dois me cacher ? questionna cet inspecteur.

— Pas la peine... Il est plus malin que toi et il sait fort bien que je vais le faire suivre...

Et, sans perdre un instant, Maigret descendit, sauta dans un taxi.

— À toute vitesse au coin de la rue de Birague et de la rue Saint-Antoine...

L'après-midi était radieux et des vélums bariolés [Canopies] mettaient une note de couleur au-dessus des boutiques. Dans l'ombre, des chiens s'étiraient et la vie s'écoulait au ralenti ; on avait l'impression que les autobus eux-mêmes éprouvaient quelque peine à se mettre en marche dans l'air épais, leurs grosses roues laissant des traces sur le bitume échauffé.

Maigret ne fit que bondir du taxi dans la maison qui formait l'angle des deux rues et, au second étage, il ouvrit une porte, sans se donner la peine de frapper, trouva le brigadier Lucas assis devant la fenêtre, toujours sous les apparences d'un petit vieillard paisible et curieux.

La chambre était pauvre, pas très propre. Sur la table, on voyait les restes d'un repas froid que Lucas s'était fait apporter d'une charcuterie.

— Du nouveau, commissaire ?

— Il y a du monde, en face ?

La chambre avait été choisie pour sa position stratégique, car elle permettait de plonger le regard dans les deux pièces de l'*Hôtel Beauséjour* qui étaient occupées par les Polonais.

Or, par cette température, toutes les fenêtres étaient ouvertes, y compris celle d'une autre chambre où on voyait une jeune femme endormie, dans une tenue assez légère.

— Dis donc ! Il me semble que tu ne t'ennuies pas...

Sur une chaise, une paire de jumelles prouvait que Lucas faisait son travail en conscience et tenait à voir les détails.

— Pour l'instant, répondit le brigadier, ils sont deux dans le logement, mais bientôt il n'y aura plus qu'une seule personne. L'homme, en effet, est occupé à s'habiller. Il est resté couché toute la matinée, selon son habitude...

— C'est le Barbu ?

— Oui... Ils ont déjeuné à trois : le Barbu, la femme et le Borgne... Puis le Borgne est parti presque aussitôt... Le Barbu s'est levé et a commencé sa toilette... Tenez ! Il vient de mettre une chemise propre, ce qui ne lui arrive pas souvent.

Maigret s'était approché de la fenêtre et voyait à son tour. Le colosse hirsute nouait une cravate sur la chemise dont la blancheur faisait dans la chambre grise une tache imprévue et d'autant plus éclatante.

On voyait bouger ses lèvres, tandis qu'il se regardait dans la glace. Et, derrière lui, la femme aux cheveux clairs mettait de l'ordre, ramassait des papiers gras qu'elle roulait en boule, éteignait enfin un réchaud à alcool.

— Si seulement on savait ce qu'ils se racontent !

soupira Lucas. Il y a des moments où j'enrage vraiment ! Je les vois parler, parler sans fin ; parfois ils gesticulent et je ne parviens pas à deviner de quoi il est question... Je commence à me rendre compte du supplice que cela doit être d'être sourd et je comprends que ceux qui sont atteints de cette infirmité passent pour des gens méchants...

— En attendant, ne parle pas tant ! Tu crois que la femme va rester là ?

— Ce n'est guère son heure de sortir... Si elle devait le faire, elle aurait mis son tailleur gris...

Olga portait en effet la petite robe de lainage sombre qu'elle avait le matin pour faire son marché. Tout en vaquant à son ménage de bohème, elle fumait une cigarette sans jamais la retirer de ses lèvres, à la façon des vrais fumeurs qui ont besoin de tabac du matin au soir.

— Elle ne parle guère ! remarqua Maigret.

— Ce n'est pas son heure non plus... C'est surtout le soir qu'elle parle, quand ils sont tous autour d'elle... Ou encore certaines fois, quand elle est seule avec celui que j'appelle Épinard, ce qui arrive rarement... Ou je me trompe fort, ou elle a un faible pour Épinard, qui est le plus joli garçon du lot...

C'était une sensation étrange d'être ainsi dans une chambre inconnue, à plonger le regard chez des gens dont on finissait par connaître les moindres faits et gestes.

— Tu deviens terriblement concierge, mon pauvre Lucas !

— Je suis ici pour cela, n'est-ce pas ? Tenez ! Je peux même vous dire que la petite d'à côté, celle qui dort de si bon cœur, a fait l'amour, cette nuit, jusqu'à trois heures du matin avec un petit jeune homme qui portait une lavallière et qui est parti à l'aube, sans doute pour rentrer sans bruit chez ses parents... Tenez ! Voilà le Barbu qui s'en va...

— Dis donc ! Il est presque élégant...

— C'est une façon de parler... Il a plutôt l'air d'un lutteur forain que d'un homme du monde.

— Mettons d'un lutteur forain qui ferait de bonnes affaires ! concéda Maigret.

En face, pas d'embrassades. L'homme s'en allait, simplement, c'est-à-dire disparaissait de la partie de la pièce que l'on découvrait de l'observatoire des policiers.

Un peu plus tard, il surgissait sur le trottoir et se dirigeait vers la place de la Bastille.

— Derain va le prendre en filature... annonça Lucas qui était là comme une grosse araignée au milieu de sa toile. Mais l'autre sait qu'il est suivi. Il se contentera de se promener et peut-être de boire un verre à une terrasse...

La femme, elle, prenait une carte routière dans un tiroir et la déployait sur la table. Maigret calculait qu'Ozep n'avait pas dû venir en taxi, mais par le métro et que, dans ces conditions, il n'arriverait que dans quelques minutes.

— S'il vient ! rectifia-t-il.

Et il vint ! On le vit arriver, hésitant, aller et venir sur le trottoir, tandis que l'inspecteur qui le suivait feignait, dans la rue Saint-Antoine, de s'intéresser à l'étalage d'une poissonnerie.

Vu ainsi, d'en haut, le mince Polonais paraissait encore plus maigre, plus insignifiant et Maigret, un instant, eut un remords.

Il croyait entendre la voix du pauvre garçon répéter cent fois, en des explications difficiles, son fameux « monsieur Maigrette »...

Il hésitait, c'était certain. On eût même juré qu'il avait peur et il regardait autour de lui avec une visible angoisse.

— Sais-tu ce qu'il cherche ? dit le commissaire à Lucas.

— Le bonhomme pâle ? Non ! Peut-être de l'argent pour entrer à l'hôtel ?

— Il me cherche... Il se dit que je suis sans doute dans les parages et que, si j'avais par miracle changé d'avis...

Trop tard ! Michel Ozep venait de plonger dans le sombre corridor de l'hôtel. On pouvait le suivre par la pensée. Il grimpait l'escalier, atteignait le second étage.

— Il hésite encore... annonça Maigret.

Car la porte aurait déjà dû s'ouvrir !

— Il est sur le palier... Il va frapper... Il a frappé... Tiens !...

En effet, la jeune femme blonde tressaillait, rangeait, d'un mouvement instinctif, sa carte routière dans l'armoire et se dirigeait vers la porte.

Un instant, on ne vit rien. Les deux personnages se tenaient dans la partie invisible de la chambre.

Puis soudain la femme parut et il y avait quelque chose de changé en elle. Sa démarche était nette, rapide. Elle allait droit à la fenêtre, la fermait, puis tirait les rideaux sombres.

Lucas se tourna vers le commissaire en esquissant une drôle de moue.

— Dites donc !...

Mais il cessa de plaisanter en constatant que Maigret était beaucoup plus soucieux qu'il ne le prévoyait.

— Quelle heure est-il, Lucas ?
— Trois heures dix...
— À ton avis, est-ce qu'il y a des chances pour qu'un de nos lascars rentre d'ici peu ?
— Je ne crois pas... À part, comme je vous l'ai dit, Épinard, s'il sait que le Barbu est absent... Vous n'avez pas l'air tranquille...
— Je n'aime pas la façon dont cette fenêtre a été fermée...
— Vous avez peur pour votre Polonais ?

Maigret ne répondit pas et Lucas poursuivit :

— Avez-vous pensé que rien ne prouve qu'il soit dans la chambre ? Nous l'avons vu entrer dans l'hôtel, c'est vrai... Mais il peut fort bien être allé dans une autre chambre... Et c'est peut-être quelqu'un d'autre qui...

Maigret haussa les épaules et soupira :

— Tais-toi ! Tu me fatigues...

3

— Quelle heure est-il, Lucas ?
— Trois heures vingt...
— Sais-tu ce qui va se passer ?
— Vous voulez aller voir ce qui se passe en face ?
— Pas encore. Mais je vais très probablement me couvrir de ridicule. D'où peut-on téléphoner ?
— De la pièce voisine. C'est un tailleur en chambre qui travaille pour une grande maison, et celle-ci l'oblige à avoir le téléphone...
— Dans ce cas, va chez ton tailleur. Essaie qu'il n'entende pas la conversation. Téléphone au chef de ma part. Dis-lui de m'envoyer, de toute urgence, une vingtaine d'hommes armés. Qu'ils se disséminent autour de l'*Hôtel Beauséjour*, et qu'ils attendent mon signal...

La mine de Lucas disait assez la gravité de cet ordre, au surplus assez peu dans les habitudes de Maigret, qui riait volontiers des mobilisations policières.

— Vous croyez qu'il y aura du vilain ?
— À moins que ce soit déjà fait...

Il ne quittait pas des yeux cette fenêtre aux vitres sales, au rideau de velours cramoisi qui datait du temps de Louis-Philippe.

Quand Lucas revint d'avoir été téléphoner, il retrouva le commissaire à la même place, le front toujours aussi soucieux.

— Le patron vous recommande d'être prudent.

Il y a déjà eu un inspecteur tué la semaine dernière et, si un accident devait encore se produire...

— Ferme-la, veux-tu ?

— Vous croyez que Stan le Tueur... ?

— Je ne crois rien, vieux ! J'ai assez réfléchi à cette affaire depuis le matin pour en avoir mal à la tête. Maintenant, je me contente d'avoir des impressions et, si tu veux tout savoir, j'ai malheureusement l'impression qu'il se passe ou qu'il va se passer des choses désagréables. Quelle heure ?

— Vingt-trois...

Comme par ironie, dans la chambre voisine, la jeune fille dormait toujours, la bouche entrouverte, les jambes repliées. Plus haut, vers le cinquième ou sixième étage, quelqu'un s'essayait à jouer de l'accordéon, reprenant sans cesse, avec des fausses notes, la même ritournelle de java.

— Vous voulez que j'y aille ? proposa Lucas.

Maigret le regarda durement, comme si son subordonné lui eût reproché son manque de bravoure.

— Qu'est-ce que cela veut dire, ça ?

— Rien ! Je vois que vous êtes inquiet de ce qui se passe là-bas, et je propose d'aller voir...

— Et tu crois que j'hésiterais à y aller moi-même ? Tu oublies une chose : une fois en face, il est trop tard... Si on y va et qu'on ne découvre rien, on ne découvrira jamais plus rien sur la bande... Voilà pourquoi j'hésite... Si seulement cette garce n'avait pas fermé la fenêtre !...

Il sourcilla soudain.

— Dis donc ! Les autres fois, cela ne lui est jamais arrivé de fermer la fenêtre, n'est-ce pas ?

— Jamais !

— Donc, elle ne soupçonnait pas ta présence ici...

— Elle me prenait probablement pour un vieux gâteux...

— Si bien que ce n'est pas elle qui a eu l'idée de fermer la fenêtre, mais le type qui est entré...

— Ozep ?

— Lui ou un autre... Celui qui est entré et qui, avant de se montrer, a dit à la femme de fermer la fenêtre...

Il prit son chapeau sur la chaise où il l'avait posé, vida sa pipe, la bourra d'un index écrasant.

— Où allez-vous, patron ?

— J'attends que nos hommes soient arrivés... Tiens ! En voilà deux là-bas près de l'arrêt d'autobus... Et dans le taxi arrêté, je reconnais des gens de la maison... Si je reste cinq minutes à l'intérieur sans ouvrir la fenêtre, tu entres avec des hommes...

— Vous avez votre pétard ?

Quelques instants plus tard, Maigret traversait la rue, tandis que l'inspecteur Janvier, qui l'avait aperçu, s'arrêtait d'essuyer les guéridons de sa terrasse.

Lucas, fébrile, tenait sa montre à la main, mais, comme cela arrive quand on veut trop bien faire, il avait oublié de noter le moment de l'entrée de Maigret dans l'hôtel, si bien qu'il était incapable de dire quand les cinq minutes seraient écoulées.

Il n'eut d'ailleurs pas à se faire de mauvais sang à ce sujet car, après un temps qui lui parut miraculeusement court, la fenêtre d'en face s'ouvrit. Un Maigret plus renfrogné que jamais adressait à son brigadier un signe pour lui ordonner de venir le rejoindre.

L'impression de Lucas avait été qu'à part le commissaire, la chambre était vide, mais, quand il y pénétra, après avoir trébuché dans un escalier obscur qui sentait la mauvaise cuisine et les toilettes, il sursauta en découvrant un corps de femme étendu à ses pieds.

Un bref regard à Maigret qui répondit :

— Morte, bien entendu !

C'était à croire qu'on voulait signer le crime, car la victime avait été égorgée comme toutes les victimes de Stan. Il y avait du sang partout, sur le lit et sur le parquet, et l'assassin s'était essuyé les mains à la serviette de toilette qui était maculée de rouge brun.

— C'était lui ?

Maigret haussa les épaules, toujours immobile au milieu de la pièce.

— Je vais donner son signalement à nos hommes, qu'on ne le laisse pas sortir de l'hôtel ?

— Si tu veux...

— J'ai bonne envie de mettre un inspecteur sur le toit, pour le cas...

— Entendu...

— J'avertis le chef ?

— Tout à l'heure...

Il n'était pas facile de converser avec Maigret quand il faisait cette tête-là ! En outre, Lucas se mettait à la place du patron, qui avait annoncé lui-même qu'on allait rire de lui.

Maintenant, ce serait pis que du ridicule. En effet, il avait mobilisé d'importantes forces de police, mais c'était quand il était trop tard, alors qu'un crime se commettait sous les yeux mêmes de Maigret, presque avec son assentiment, puisque aussi bien c'était lui qui avait envoyé Ozep à l'*Hôtel Beauséjour* !

— S'il y en a de la bande qui reviennent ? Je les arrête ?...

Un signe affirmatif de la tête. Ou plutôt un geste indifférent. Et Lucas sortit enfin. Maigret resta seul au milieu de cette chambre où la fenêtre ouverte laissait pénétrer une lumière crue.

Il s'essuya le front, ralluma machinalement sa pipe qu'il avait laissée s'éteindre.

— Quelle heure est...

Il se souvint seulement qu'il était seul, et il tira sa montre de sa poche. Il était trois heures trente-cinq et l'accordéon, là-haut, sévissait toujours, n'empêchant pas la jeune voisine de dormir comme un animal insouciant.

— Où est Maigret ? questionna le chef de la P.J. en descendant de voiture et en se trouvant en présence de Lucas.

— Dans la chambre... C'est le numéro 19, au

second étage... Les gens de l'hôtel ne savent encore rien...

Quelques instants plus tard, le directeur de la Police judiciaire trouvait Maigret assis sur une chaise, au milieu de la chambre, à deux pas du cadavre. Le commissaire fumait, l'air buté. C'est à peine s'il remarqua l'arrivée du grand patron.

— Dites donc, vieux ! Il me semble que nous voilà dans un drôle de pétrin..

Il obtint tout juste un grognement qui ne voulait rien dire.

— Ainsi, le fameux tueur n'était autre que le bonhomme qui venait vous offrir ses services !... Avouez, Maigret, que vous auriez pu vous méfier, et que l'attitude d'Ozep était pour le moins équivoque...

Le front de Maigret était barré d'un gros pli vertical, et ses mâchoires s'avançaient, donnant à toute la physionomie un frappant aspect de puissance.

— Vous croyez qu'il n'a pas pu quitter l'hôtel ?

— J'en suis certain... répliqua le commissaire, avec l'air de ne pas y attacher d'importance.

— Vous ne l'avez pas cherché ?

— Pas encore...

— Vous croyez qu'il se laissera prendre facilement ?

Alors, le regard de Maigret se détacha lentement de la fenêtre, obliqua vers son directeur, se posa sur lui lourdement. Il y avait de la solennité dans cette lenteur, dans cette hésitation, dans l'ambiguïté des phrases du commissaire.

— Si je me suis trompé, l'homme essaiera d'abattre quelques personnes avant de se laisser prendre. Si je ne me suis pas trompé, les choses devraient aller toutes seules...

— Je ne comprends pas, Maigret. Vous doutez encore que Stan et votre Ozep soient une seule personne ?

— Je suis persuadé que tout à l'heure il y avait deux personnes dans cette chambre et, parmi elles, Stan le Tueur...

— Donc...

— Je vous le répète, chef : je peux me tromper, comme tout le monde. Dans ce cas, je vous en demande pardon, car ça fera du vilain. La façon dont cette histoire paraît se dénouer ne me satisfait pas. Il y a quelque chose qui cloche, je le sens. Si Ozep était Stan, il n'y a pas de raison pour que...

— J'écoute !

— Ce serait trop long... Quelle heure avez-vous, chef ?

— Quatre heures un quart... Pourquoi ?

— Pour rien...

— Vous restez là, Maigret ?

— Jusqu'à nouvel ordre, oui...

— Pendant ce temps, je vais voir dehors ce que font nos hommes...

Ils avaient arrêté Épinard qui, comme Lucas l'avait prévu, venait rendre sa petite visite à la jeune femme. On avait annoncé au Polonais que sa compatriote avait été tuée, et il était devenu blême, mais il n'avait pas bronché quand on lui avait parlé d'Ozep.

— Ce n'est pas possible qu'elle soit morte ! s'était-il contenté de répéter à plusieurs reprises, tandis qu'on l'emmenait au poste.

Quand on annonça cette capture à Maigret, il se contenta de grommeler :

— M'en fous !...

Et il reprit son étrange tête-à-tête avec la morte. Une demi-heure plus tard, c'était au tour du Borgne de rentrer et d'être arrêté sitôt le seuil passé. Lui aussi se laissa appréhender sans sourciller mais, quand on lui parla de la mort de la jeune femme, il essaya de se débarrasser de ses menottes et de bondir à l'étage.

— Qui a fait ça ? criait-il. Qui l'a tuée ?... C'est vous autres, n'est-ce pas ?

— C'est Ozep, autrement dit Stan le Tueur...

Or, l'homme se calma comme par enchantement, répéta en fronçant les sourcils :

— Ozep ?

— Tu vas nous faire croire que tu ne connais pas ton patron ?

C'était le chef en personne qui procédait à ce hâtif interrogatoire, dans un couloir, et il eut l'impression qu'un léger sourire passait sur les lèvres de son prisonnier.

Un des comparses suivit, celui qu'on appelait le Chimiste, et qui se contenta de répondre à toutes les questions par un air parfaitement ahuri, comme s'il n'eût jamais entendu parler de la jeune femme, ni d'Ozep, ni de Stan...

Maigret était toujours là-haut, à ressasser le même problème, à chercher la clef qui lui ferait enfin comprendre les événements.

— Ça va !... murmura-t-il quand on lui parla de l'arrestation du Barbu qui, lui, après s'être démené comme un diable, s'était mis à pleurer comme un veau.

Soudain, il leva la tête vers Lucas qui lui apportait la nouvelle.

— Tu ne remarques rien ? dit-il. En voilà quatre qu'on arrête coup sur coup, et pas un n'oppose de véritable résistance, alors qu'un homme comme Stan...

— Mais puisque Stan est Ozep...

— Tu l'as retrouvé ?

— Pas encore. Il fallait laisser rentrer tous les complices avant de mettre l'hôtel sens dessus dessous, sinon ils auraient flairé de loin quelque chose, et ils ne seraient pas entrés dans la souricière. À présent qu'ils sont à peu près au complet, le grand patron a commencé à mettre les lieux en état de siège. Les hommes sont en bas et vont tout fouiller minutieusement, de la cave au grenier s'il y en a...

— Écoute-moi, Lucas...

Et celui-ci, qui allait sortir, resta un instant, ayant à l'égard de Maigret un sentiment qui ressemblait à de la pitié.

— J'écoute, patron.

— Le Borgne n'est pas Stan. Épinard n'est pas Stan. Le Barbu n'est pas Stan. Or, je suis persuadé que Stan habitait cet hôtel et était le centre autour duquel les autres venaient se grouper !

Lucas préférait ne rien dire, laissant le commissaire à sa marotte.

— Si Ozep était Stan, il n'avait aucune raison pour venir ici tuer une complice. S'il n'était pas Stan...

Et soudain, se dressant dans un mouvement si brusque que le brigadier sursauta :

— Regarde l'épaule de cette femme, à tout hasard... La gauche, oui...

Lui-même se penchait. Lucas écartait la robe, découvrait une chair très blanche et, sur cette chair, la marque dont les Américains flétrissent les femmes criminelles.

— Tu as vu, Lucas ?

— Mais, patron...

— Tu ne comprends donc pas ? Stan, c'était elle !... J'avais lu quelque chose dans ce goût-là, mais je ne faisais pas le rapprochement tant j'étais persuadé que notre Stan était un homme... Il y a quatre ou cinq ans, une jeune femme, en Amérique, à la tête d'une bande de criminels, menait l'assaut contre les fermes isolées, tout comme cela s'est passé ici... Tout comme ici aussi, les victimes étaient égorgées, de la main de cette femme dont les journaux américains ont décrit avec complaisance la cruauté...

— C'est elle ?

— C'est presque sûrement elle... Mais je le saurai dans une heure, si je retrouve les documents en question... J'avais découpé un jour quelques pages dans un magazine... Tu viens, Lucas ?

Maigret entraînait son second dans l'escalier. Au rez-de-chaussée, il se heurtait au grand patron.

— Où allez-vous, Maigret ?

— Au Quai des Orfèvres, chef... Je crois que j'ai trouvé... En tout cas, j'emmène Lucas qui viendra vous le dire...

Et Maigret cherchait un taxi, sans s'apercevoir qu'on le regardait d'une façon bizarre, où il entrait de la colère et de la pitié.

— Mais Ozep ? questionnait Lucas en prenant place dans la voiture.

— C'est précisément lui que je vais chercher... Je veux dire que j'espère trouver des renseignements sur lui... S'il a tué cette femme, c'est qu'il avait des raisons... Écoute, Lucas : quand j'ai voulu l'envoyer au-devant des autres, il a accepté immédiatement... Au contraire, quand je lui ai demandé d'aller faire une commission à la femme, il a refusé et j'ai été obligé d'exiger, voire de menacer... Autrement dit, les autres ne le connaissaient pas, mais la femme, elle, le connaissait...

Comme on pouvait s'y attendre, il fallut plus d'une demi-heure pour mettre la main sur le dossier, car l'ordre n'était pas la qualité dominante de Maigret, en dépit de ses allures placides.

— Lis !... Tiens compte de l'exagération des Américains qui veulent en donner au public pour son argent... « La femme vampire » ... « La Polonaise fatale » ... « Une chef de bande de vingt-trois ans » ...

On racontait complaisamment les exploits de la Polonaise dont on donnait maintes photographies.

Stéphanie Polintskaïa, à dix-huit ans, était déjà connue de la police de Varsovie. Vers cette époque, elle rencontra un homme qui en fit sa femme et qui s'efforça de refréner ses mauvais instincts. Elle eut un enfant de lui, mais un jour, en rentrant de son travail, cet homme trouva le bébé égorgé. Quant à la femme, elle s'était enfuie avec l'argent et les quelques objets précieux qu'il y avait dans la maison...

— Tu sais qui est cet homme ? questionna Maigret.

— Ozep ?

— Voici son portrait parfaitement ressemblant ! Ce qui prouve qu'on devrait connaître par cœur les archives criminelles de tous les pays du monde... Tu comprends, maintenant ? Stéphanie, que ses familiers appellent Stan, sévit en Amérique... Comment échappe-t-elle aux prisons de ce pays, je n'en sais rien... Toujours est-il qu'elle se réfugie en France où elle reprend le cours de ses exploits, sans rien changer à sa manière, après s'être entourée, comme là-bas, de quelques brutes...

» Le mari apprend par la presse qu'elle est à Paris, que la police est sur sa piste... Son désir est-il de la sauver une fois de plus ? Je ne le pense pas... J'incline plutôt à croire qu'il voudrait être sûr que l'odieuse meurtrière de son enfant n'échappera pas au châtiment... C'est pourquoi il me fait ses offres de service...

» Il n'a pas le courage d'agir seul... C'est un faible, un velléitaire...

» Il veut que ce soit la police qui agisse avec son aide et c'est moi qui, cet après-midi, l'ai, en quelque sorte, obligé à esquisser le geste...

» En tête à tête avec son ancienne femme, en effet, que pouvait-il faire ? Tuer ou être tué, car, se voyant découverte, cette femme n'aurait certainement pas hésité à supprimer le seul homme susceptible de la dénoncer.

» Il a donc tué ! Et veux-tu que je te dise ? Je parie qu'on le retrouvera dans quelque coin de l'hôtel, plus ou moins blessé ; après avoir tenté deux fois de se suicider et avoir raté les deux fois, cela m'étonnerait qu'il ne se soit pas raté une troisième. Maintenant, tu peux retourner là-bas et dire au chef...

— Inutile ! fit la voix de celui-ci. Stan le Tueur s'est pendu dans une chambre du sixième étage dont il avait trouvé la porte ouverte... Bon débarras !...

— Pauvre type ! soupira Maigret.

— Vous le plaignez...

— Ma foi, oui... D'autant plus que je suis un peu responsable de sa mort... Je ne sais pas si je deviens vieux, mais j'ai mis bien longtemps à trouver la solution...

— Quelle solution ? questionna le directeur de la P.J. avec un regard soupçonneux.

— La solution de tout le problème ! affirma Lucas, tout heureux d'intervenir. Le commissaire vient de reconstituer l'histoire dans tous ses détails et, quand vous êtes entré, il annonçait qu'on trouverait Ozep dans quelque coin où il aurait essayé de se suicider...

— C'est vrai, Maigret ?

— C'est vrai... Vous savez, à force de penser à une même question... Je crois que je n'ai jamais tant enragé de ma vie... Je sentais que la solution était là, toute proche, qu'il ne fallait qu'un tout petit rien... Vous étiez tous à bourdonner autour de moi comme de grosses mouches et à me parler de comparses qui ne m'intéressaient pas... Enfin !...

Il respira un grand coup, bourra sa pipe, demanda des allumettes à Lucas, car il avait brûlé toutes les siennes pendant l'après-midi.

— Dites donc, chef ! Il est sept heures. Si on allait tous les trois boire un demi bien frais ?... À condition que Lucas retire sa perruque et reprenne un aspect présentable...

Et ils étaient attablés à la *Brasserie Dauphine*, quand soudain le commissaire se frappa le front. Il venait de regarder machinalement le garçon.

— Et Janvier ? questionna-t-il.

— Quoi ?

— On ne l'a pas relevé de sa faction ?... Le pauvre !... Quand je pense que, pendant que nous buvons des demis, il est encore condamné à en servir !

L'Étoile du Nord

1

Un grognement indistinct, au téléphone, fut la cause de tout, en tout cas de la participation de Maigret à cette aventure déroutante.

Il n'appartenait déjà presque plus à la Police judiciaire. Encore deux jours et il prenait officiellement sa retraite. Ces deux jours, il comptait bien les passer, comme les journées précédentes, à mettre ses dossiers en ordre, et à en retirer ses papiers personnels et ses notes. Il y avait trente ans qu'il vivait dans cette maison du quai des Orfèvres dont les moindres recoins lui étaient plus familiers que ceux de son appartement. Jamais il n'avait pensé avec impatience à la retraite. Or, voilà que, à quarante-huit heures de la liberté, il se retrouvait l'âme d'un soldat de deuxième classe, comptait les heures, ne cessait d'évoquer la maison des bords de la Loire qui l'attendait et où Mme Maigret s'occupait déjà de tout préparer pour son arrivée.

Afin de travailler en paix, il venait de passer la nuit dans son bureau, tout bleu maintenant d'une épaisse fumée de pipe. Le petit jour lui montrait de la pluie sur les quais où les candélabres étaient encore éclairés et cette atmosphère lui rappelait maints interrogatoires qui, commencés au début de l'après-midi, dans ce même bureau, n'avaient abouti aux aveux d'un coupable exténué que dans cette aube sale, alors que celui qui questionnait était aussi éreinté que celui qu'il tenait sur la sellette.

Une sonnerie téléphonique tinta dans un bureau voisin. D'abord, Maigret n'y prit pas garde, puis il leva la tête, se souvint que l'inspecteur de garde était passé quelques instants auparavant pour lui dire qu'il allait avaler un café chaud.

La « Grande Maison » était déserte, avec ses lampes en veilleuse, ses couloirs vides. Maigret pénétra dans un bureau, décrocha, fit :

— Allô !

Et une voix d'homme prononçait à l'autre bout du fil :

— C'est toi ?

Pourquoi, au lieu de répondre non, ou de demander des détails, se contenta-t-il de grogner d'une façon indistincte ?

— Ici, Pierre... On nous avise à Police-Secours d'un crime mystérieux commis à l'instant à l'hôtel de *L'Étoile du Nord*... Tu y vas ?

Maigret grogna encore, raccrocha, regarda autour de lui avec embarras. Il savait comment ces choses-là se passent. L'inspecteur de garde avait un ami, le prénommé Pierre, au central de

Police-Secours. Et cet ami était tout heureux de lui passer un bon tuyau.

Encore deux jours...

Maigret bourra une pipe, rentra dans son bureau, n'eut pas le courage de se replonger dans son fatras de papiers et l'instant d'après il mettait son chapeau melon, endossait son lourd pardessus à col de velours, descendait l'escalier en haussant les épaules.

Il était à peine six heures du matin. Le téléphone avait fait vite, car, quand Maigret descendit de taxi rue de Maubeuge, à deux pas de la gare du Nord, il n'y avait aucun rassemblement à la porte de l'hôtel que gardait un agent en uniforme.

— Le commissaire du quartier est arrivé ?
— Pas encore. On est allé le chercher chez lui.
— Et le médecin ?
— Il vient de monter.

C'était un hôtel de quatrième ordre, le type même de l'hôtel banal qu'on trouve à proximité de toutes les gares. Dans un petit bureau, à droite de la porte, Maigret remarqua un lit défait qui devait être celui du gardien de nuit.

Tout cela était gris, d'une propreté douteuse que soulignait encore le petit jour gluant de pluie.

— C'est au second étage, au 32...

Tapis usé maintenu par des barres de cuivre. Dans le couloir du premier étage, quelques personnes en tenue de nuit, certaines avec un pardessus passé en guise de robe de chambre sur leur pyjama, des visages encore pleins de sommeil, avec cette sorte d'hébétude que donnent les catastrophes soudaines.

Maigret passa, se heurta presque à une jeune fille qui descendait, vêtue d'un tailleur sombre.

— Où allez-vous ? questionna-t-il machinalement.

— Prendre mon train.

— Rentrez dans votre chambre.

— Mais...

— Personne ne doit sortir de l'hôtel avant que j'en donne l'autorisation. Il y a un agent à la porte.

Il la forçait, en avançant, à gravir les marches à reculons.

— Ce sera long ?

— Je n'en sais rien. Je vous répète de rentrer dans votre chambre.

Au début d'une enquête, il était volontiers bourru et cette fois, en outre, il n'avait pas dormi. Une porte s'ouvrit, celle du 32, un homme vêtu en hâte sans col ni cravate, les pieds nus dans des pantoufles, questionna :

— Le commissaire de police ?

— Non ! Police judiciaire. Commissaire Maigret.

— Entrez, je vous en prie... Je suis le patron de l'hôtel... C'est la première fois depuis cinq ans que je fais ce métier, qu'il m'arrive...

Il était déjà classé ! Un type ennuyeux et

bavard, pleurnichard, un faible qui avait mis ses quatre sous d'économies dans ce fonds avec l'espoir de se retirer au bout de quelques années.

Maigret pénétra dans la chambre. Le médecin remettait son pardessus tandis que, sur le lit, un homme était étendu, absolument nu, dans une position qui ne permettait pas de voir son visage mais qui montrait une large plaie au milieu du dos, à peu près à la hauteur du cœur.

— Mort ?

— Presque instantanée...

— Et le sang ?

Le médecin en désigna une large flaque, par terre, près de la porte.

— Il s'est traîné jusque-là pour appeler au secours.

Le patron expliquait :

— Mon réveil venait de sonner, car je me lève toujours à cinq heures et demie. Notre clientèle est surtout une clientèle qui prend le train et qui est par conséquent matinale. J'ai entendu des bruits de portes...

— Un instant... Vous dites des bruits de portes. Il s'agit bien d'un pluriel, du bruit de plusieurs portes ?

— Je crois... Je ne sais pas au juste... J'ai entendu un remue-ménage...

— Et des pas ?

— Des pas, bien sûr !

— Dans le corridor ou dans l'escalier ?

— Je me le demande...

— Réfléchissez... Des pas dans l'escalier ne font pas le même bruit que sur un plancher...

— Il y en avait peut-être des deux sortes ?... Ce qui m'a frappé, c'est un cri, un cri qui avait l'air de sortir avec peine de la gorge d'un homme... J'étais occupé à mettre mon pantalon... J'ai ouvert la porte et...

— Pardon ! Où couchez-vous ?

— Au fond du couloir du premier étage. Il y a là un petit cabinet qu'on ne peut pas louer parce qu'il n'est éclairé que par une lucarne.

— Continuez !

— C'est tout. Je suis accouru. Des locataires entrebâillaient leur porte. Celle-ci était ouverte et, sur le seuil, un homme était à genoux plutôt que couché, perdant son sang en abondance...

— Il était nu ?

— C'est moi qui lui ai retiré son pyjama, intervint le médecin.

— Coup de couteau ?

— Coup de couteau, oui ! Une arme solide, à lame large.

Le commissaire de police du quartier arrivait enfin et fronçait les sourcils en trouvant Maigret sur les lieux.

Maigret avait en particulière horreur les drames dans les hôtels et il regrettait déjà d'avoir pris machinalement une communication téléphonique qui ne lui était pas destinée. Comme toujours, les voyageurs s'impatientaient. On les voyait surgir l'un après l'autre.

— Pardon, monsieur le commissaire... Voici mes papiers... Je suis un homme honorablement connu à Béziers... Il faut que j'arrive à Bruxelles à midi et mon train...

Le commissaire ne pouvait que répondre :

— Désolé !

Certains se fâchaient. Des femmes pleuraient, après avoir essayé du charme.

— Si mon mari savait que j'ai dormi dans cet hôtel...

— Prenez patience, madame !

À la fin, comme tout ce monde encombrait les couloirs, il se mit en colère, obligea chacun à entrer dans sa chambre et à en laisser la porte fermée.

Il n'avait pas un quart d'heure devant lui pour faire du bon travail. Tout à l'heure, on verrait arriver les spécialistes de l'Identité judiciaire avec leurs appareils photographiques et leurs instruments de toutes sortes.

Puis ce serait le tour du juge d'instruction, du substitut, du médecin légiste.

— Ce sont ses bagages ? Il n'en a pas d'autres ?

Le pâle propriétaire d'hôtel fit signe que non. Il n'y avait, dans un coin, qu'une fine mallette de petites dimensions et Maigret, qui l'ouvrit, n'y trouva que des objets de toilette et du linge de rechange.

Au portemanteau étaient accrochés un complet gris fer d'excellente coupe, un pardessus à martingale et un chapeau de feutre souple marqué des initiales G.B.

Dans le portefeuille, une carte de visite portait la mention : *Georges Bompard, 17, rue de Miromesnil, Paris.* Par contre, le portefeuille ne contenait pas d'argent et on n'en trouvait nulle part ailleurs, sinon de la monnaie, dans les poches.

Maigret, qui avait fait retourner le corps, s'était trouvé en face d'un homme d'environ quarante-cinq ans, très soigné de sa personne, aux traits particulièrement fins. Chose curieuse, c'étaient les cheveux d'un gris d'argent qui, par contraste, donnaient à l'inconnu un grand air de jeunesse en même temps qu'une certaine distinction.

— Allez me chercher sa fiche !

Le patron l'apporta. Elle était établie au nom de Bompard et portait la même adresse que la carte de visite.

— Il est arrivé seul ?

— Je viens de le demander au gardien de nuit, car il est descendu ici à trois heures et demie du matin. Il était seul.

— Où est le gardien de nuit ?

— Il attend en bas.

— Dites-lui que je lui interdis de quitter l'hôtel avant la fin de mon enquête.

Au même moment, Maigret se penchait, ramassait un bas de soie que lui avait caché en partie un pied du lit.

— Apportez-moi la liste des voyageurs et surtout la liste des voyageuses.

Le bas de soie avait été retiré à la diable et on l'avait laissé tomber par terre, comme quand on se déshabille précipitamment. Il était de couleur chair, de pointure plutôt petite, de qualité moyenne.

Laissant le commissaire de police recueillir les éléments de son rapport et recevoir ces messieurs du Parquet, Maigret sortit de la chambre, toujours en pardessus, le chapeau sur la tête, la pipe aux dents. Mais sa pipe était éteinte et il se faisait suivre par le patron de l'hôtel un peu à la façon d'un colonel qui passe les chambrées en revue.

— Ici ? demandait-il en désignant une porte.

— Mme Geneviève Blanchet, quarante-deux ans, veuve, habitant Compiègne.

— Entrons !

Du premier coup d'œil, il constatait que Mme Blanchet portait des bas de fil, mais il ne l'en obligeait pas moins à ouvrir ses bagages, après quoi, en dépit des protestations, il fouillait la chambre.

— Vous n'avez rien entendu ?

Elle rougissait. Il fallait insister.

— J'ai eu l'impression... Vous savez ! Les cloisons sont si minces !... J'ai eu, dis-je, l'impression que ce monsieur n'était pas seul et qu'il... enfin qu'ils...

— Qu'on faisait l'amour dans la chambre voisine ? précisa crûment Maigret qui avait les femmes pudibondes en sainte horreur.

Deux vieilles Anglaises, plus loin, lui donnèrent du fil à retordre, car elles possédaient plusieurs paires de bas de soie, mais neufs, qu'elles projetaient de passer en fraude à la frontière pour leur nièce.

Une Suissesse aux papiers douteux fut envoyée au Quai des Orfèvres pour vérification d'identité.

Le temps passait sans que Maigret découvrît le deuxième bas. Ce fut à l'étage au-dessus qu'il se trouva en présence de la jeune fille au tailleur qu'il avait déjà rencontrée dans l'escalier et son regard, aussitôt, se porta sur ses jambes.

— Tiens ! Vous ne portez pas de bas ? s'étonna-t-il. À cette saison ?

Car on était en mars et le temps était particulièrement froid.

— Je ne porte jamais de bas.
— Vous avez des bagages ?
— Non !
— Vous avez rempli une fiche ?
— Oui.

Il la chercha sur la liasse. Elle était au nom de Céline Germain, sans profession, rue des Saules, à Orléans.

— Vous vous appelez Céline Germain ?
— Oui.

Il l'observa plus attentivement, car il y avait dans ses réponses une netteté agressive.

— Quel âge ?
— Dix-neuf ans !
— Vous êtes sûre que vous ne portez jamais de bas ?

Il fouillait la chambre, retournait le lit sens dessus dessous, ouvrait tous les tiroirs de la garde-robe et ordonnait soudain :

— Voulez-vous relever votre jupe ?

— Hein ? Vous êtes fou !

— Je vous prie de relever votre jupe.

— Dites donc ! Vous n'avez pas peur que je porte plainte contre un saligaud de votre espèce ?

— Un homme a été tué dans cet hôtel ! se contenta-t-il de répliquer. Allons ! vite...

Elle était pâle, avec de grands yeux pailletés d'or, des yeux de rousse. Ces yeux-là, à ce moment, exprimaient le mépris et la rage.

— Relevez-la vous-même si vous n'avez pas peur, déclara-t-elle. Je vous préviens que je déposerai une plainte !...

Il s'approcha d'elle, lui toucha les hanches.

— Vous portez une ceinture, constata-t-il.

— Et après ?

— Vous savez fort bien que ce n'est pas une ceinture esthétique, mais une ceinture étroite pour maintenir les bas...

— Qu'est-ce que ça peut vous faire ? Je m'habille comme je veux, non ?

— Où est le second bas ?

— Je n'en sais rien...

Le patron de l'hôtel écoutait avec stupeur cet étrange dialogue.

— Trouvez-moi une grosse clef anglaise ! lui lança Maigret.

Et il s'en servit pour démonter le tuyau de vidange du lavabo. Comme il paraissait s'y attendre, il ne tarda pas à en retirer une petite masse spongieuse qui n'était autre qu'un bas de soie.

— En route, mon petit ! commanda-t-il sans manifester de surprise. Nous serons mieux pour nous expliquer dans mon bureau.

— Et si je refuse de vous suivre ?

— En route !

Il la poussait vers le couloir. Elle se raidissait. Puis il s'arrêtait un instant devant le 32, entrouvrait la porte.

— Je file au Quai ! annonçait-il au juge d'instruction qui venait d'arriver. Je crois que j'ai quelque chose d'intéressant.

À ce moment, sa prisonnière tentait de s'éloigner d'un mouvement imprévu. Mais le commissaire, aussi prompt, la saisissait par un bras et alors, de sa main libre, elle commençait à le griffer au visage.

— Allons ! Tranquille…

— Lâchez-moi !… Je vous dis de me lâcher… Vous êtes un sale type !… Vous avez voulu me faire déshabiller… Vous avez relevé ma jupe… C'est parce que j'ai refusé de me laisser faire que vous vous vengez !…

Des portes s'ouvraient. On voyait des visages ahuris tandis que Maigret, seul, restait placide et maintenait le bras de la jeune fille.

— Vous allez vous taire, oui ?

— Vous n'avez pas le droit de m'emmener ! Je n'ai rien fait ! Je veux prendre mon train…

Il l'entraînait dans l'escalier et, non découragée encore, elle glapissait :

— Au secours !... Je n'ai rien fait !... On me brutalise !...

Peut-être espérait-elle un mouvement de la foule mal renseignée, comme cela arrive plus souvent qu'on ne pense. Maigret, à ses débuts, n'avait-il pas été roué de coups parce qu'un voleur à la tire qu'il arrêtait à la sortie d'un grand magasin s'était mis à crier :

— Au voleur !

Il y avait beaucoup de monde devant l'hôtel de *L'Étoile du Nord*. Le commissaire avait pris la précaution de faire avancer un taxi. Il fallut néanmoins qu'un agent l'aidât à tenir la jeune fille qui se débattait toujours et qui essayait de se jeter par terre.

Enfin, la portière se referma. Maigret remit son chapeau d'aplomb, lança un petit coup d'œil en coin à sa compagne qui haletait.

— Comme petit chameau, je n'ai pas souvent vu mieux ! constata-t-il.

— Et moi, comme brute, je n'ai jamais rencontré votre pareil !

Drôle de fille ! La première fois qu'il l'avait aperçue, dans l'escalier, jeunette et frêle dans son tailleur bleu marine, il l'avait prise pour une jeune fille de bonne famille.

Dans sa chambre, au contraire, elle s'était montrée hargneuse et cynique comme une fille.

Maintenant, elle changeait encore d'attitude, laissait tomber :

— Si c'est vous, le fameux Maigret, je ne vous félicite pas, car je vous croyais plus malin que ça !

Il alluma sa pipe depuis longtemps éteinte. Elle soupira :

— Je déteste la fumée !

— Ce qui ne vous empêche pas d'avoir des cigarettes dans votre sac ! riposta-t-il.

— Chacun sa fumée ! La vôtre me déplaît !

Il n'en fuma pas moins, tout en l'observant du coin de l'œil, car elle était de taille à ouvrir la portière et à sauter dans la rue.

— Depuis combien de temps ? questionna-t-il soudain.

— Quoi ?

— Que vous faites le métier ?

Il eut l'impression qu'un sourire fugitif passait sur les lèvres minces.

— Cela vous regarde ?

— Comme vous voudrez ! Vous serez sans doute plus raisonnable dans mon bureau.

— Vous chercherez encore à voir ma ceinture ?

— Qui sait ?

Il pleuvait toujours. Les rues de Paris s'étaient animées. On ralentissait pour traverser les Halles et on atteignait enfin les quais.

Maigret ne savait pas encore s'il était content ou non d'avoir pris, le matin, la communication téléphonique. En tout cas, il était intéressé par le petit phénomène assis, tout raide, près de lui.

Entre eux deux, la lutte était engagée, une lutte étrange, où on eût dit qu'il y avait de la curiosité de part et d'autre.

— Je suppose que vous allez m'interroger des

heures et des heures sans me donner à boire ni à manger ? C'est ainsi que vous pratiquez, n'est-ce pas ?

— Qui sait ? répéta-t-il.

— J'aime autant vous avertir tout de suite que cela ne me fait pas peur. Je n'ai rien à me reprocher. Tout ce que vous me ferez se retournera un jour contre vous...

— Entendu !...

— Qu'est-ce que vous avez contre moi ?

— Je ne sais pas encore.

— Alors, laissez-moi partir. Ce sera beaucoup plus intelligent de votre part.

Le taxi s'arrêtait dans la cour de la P.J. et Maigret descendait, était sur le point de tirer son portefeuille de sa poche pour payer. Son regard croisa celui de la jeune fille. Il comprit qu'elle attendait ce geste pour tenter une dernière fois de s'enfuir et il dit au chauffeur :

— Je vais vous faire descendre l'argent.

La « Grande Maison » s'était peuplée et on entendait des voix dans la plupart des bureaux. Maigret ouvrit la porte du sien, fit passer Céline Germain, referma la porte à clef, de l'extérieur, et se fit annoncer au chef.

Ils discutèrent de l'affaire pendant une dizaine de minutes, se mirent d'accord, après quoi Maigret s'arrêta près du garçon de bureau.

— Tu me feras monter du café et des croissants pour deux.

Il ouvrit enfin sa porte et resta un moment

immobile, contemplant tous ses papiers, lacérés ou froissés, qui jonchaient le plancher, les vitres de la fenêtre brisées et le buste de la République, qui ornait auparavant la cheminée, gisant par terre en deux morceaux.

Quant à la jeune fille, assise dans le propre fauteuil du commissaire, elle regardait celui-ci avec défi.

— Je vous avais prévenu ! prononça-t-elle. Et je vous avertis que ce n'est pas fini !

2

Ce fut sans doute l'interrogatoire le plus décevant de la carrière de Maigret. De bout en bout, il se déroula dans des conditions exceptionnelles, au milieu d'un décor bouleversé, avec des papiers déchirés par terre et des morceaux de plâtre que le commissaire feignait de ne pas voir.

Il s'ajoutait aussi le fait que Maigret n'avait pas dormi et que sa partenaire, vraisemblablement, était à peu près dans le même cas. Si bien qu'ils étaient pâles tous deux, les yeux brillants de cette fièvre alanguie qui suit les longues veilles.

En entrant dans son bureau, Maigret, sans sourciller, s'était dirigé vers son fauteuil, avait saisi le bras de la jeune fille en murmurant :

— Vous permettez ?

Et elle s'était levée, sentant bien qu'il aurait le dernier mot, s'était assise à la place qu'il lui désignait, face à la fenêtre qui l'éclairait d'une lumière crue, aussi inexorable que le magnésium. S'attendait-elle à ce qu'il parlât ? Dans ce cas, elle devait être sérieusement déroutée, car le commissaire commençait par bourrer une pipe, avec un soin minutieux, puis il tisonnait le poêle, taillait un crayon, ouvrait enfin la porte au garçon de café qui apportait le petit déjeuner pour deux.

— Cela vous fait envie ? se contenta-t-il de murmurer à l'adresse de la prisonnière.

— Il n'y a pas de lait ? répliqua-t-elle aigrement.

— J'ai pensé que le café noir vous tiendrait mieux éveillée.

— Je déteste le café sans lait.

— Dans ce cas, n'en buvez pas.

Elle le but néanmoins en essayant de s'accoutumer à la placidité menaçante de son interlocuteur. Celui-ci, après s'être restauré, décrocha le téléphone.

— Allô !... Donnez-moi la brigade mobile d'Orléans...

Et, quand il l'eut :

— Ici, Maigret... Voulez-vous me passer un renseignement officieux ?... Si c'était nécessaire, je vous ferais envoyer une commission rogatoire... Il s'agit d'une certaine Céline Germain, qui habite rue des Saules, dans votre ville...

Il eut l'impression qu'un bref sourire passait sur les lèvres de la jeune fille. Au même moment, il fronçait les sourcils.

— Hein ?... Vous êtes sûr ?... Dans la banlieue d'Orléans non plus ?...

Quand il raccrocha, ce fut pour laisser peser son regard un long moment sur le visage de Céline Germain. Enfin, il soupira :

— Où habites-tu ?

— Nulle part !

— Où as-tu fait la connaissance de Georges Bompard ?

— Dans la rue.

Désormais, la bataille était engagée et chacun s'observait, les nerfs tendus, cependant que la pluie tombait toujours au-delà des vitres et qu'on entendait parfois l'appel d'un remorqueur franchissant l'arche du pont.

— Dans quelle rue ?

— À Montmartre.

— Tu faisais la retape ?

— Et après ?

— Quelle heure était-il ?

— Je ne sais pas.

— Tu es entrée avec lui à l'hôtel ?

Elle hésita, comprit qu'il était au courant de la rentrée solitaire de son compagnon, précisa :

— Je suis entrée un peu avant et j'ai pris une chambre. C'est lui qui l'avait voulu ainsi.

— Où es-tu née ?

— Cela ne regarde personne.

— Tu n'as jamais eu d'ennuis avec la police des mœurs ?

Au même instant on frappait à la porte. L'inspecteur Janvier hésitait à parler et Maigret lui faisait signe de ne pas se gêner.

— Je viens de la rue de Miromesnil, où je n'ai pas trouvé grand-chose. Georges Bompard y est bien domicilié. Il occupe depuis quinze ans une garçonnière de deux pièces, au cinquième sur la cour, d'un loyer de deux mille cinq. La concierge prétend qu'il n'y est presque jamais, car il est représentant de commerce et voyage sans cesse.

Maigret sentit que la jeune fille sourcillait, était sur le point de dire quelque chose, mais cela dura peu et aussitôt après elle avait repris son impassibilité.

— Continue.

— C'est tout ! Bompard est parti de chez lui hier matin.

— Il n'avait pas reçu de coup de téléphone ?

— Il n'y a pas de téléphone chez lui.

— Rien d'autre ?

— Rien d'autre. Sauf une impression personnelle. Ce devait être un joyeux vivant si j'en crois les photographies de femmes qui couvrent presque tous les murs...

— Tu n'as pas vu le portrait de celle-ci ?

— J'essaie de me souvenir. Je ne crois pas...

— Va me chercher toutes les photos et les lettres, s'il y en a...

Janvier parti, Maigret s'occupa encore du feu, patiemment, se passa la main sur le front, bâilla.

— En somme, tu prétends que tu ne sais rien. Tu t'appelles Cécile Germain et tu fais le trottoir.

Bompard t'a accostée dans la rue et t'a emmenée à l'hôtel...

— Pas tout de suite. Nous sommes d'abord allés danser dans des boîtes de nuit.

— Et une fois à l'hôtel ?

— Je l'ai rejoint dans sa chambre, comme c'était convenu. Nous nous sommes couchés.

— Je sais ! Une voisine a entendu...

— Faut croire que c'était une vicieuse qui s'est relevée pour écouter ! Peut-être aussi qu'elle a regardé par la serrure ?

— Après ? Quelqu'un est entré ?

— Je ne sais pas... Je suis retournée dans ma chambre.

— En chemise ?

— Je ne m'étais rhabillée qu'à moitié. J'avais dû oublier un bas sous le lit. Je n'ai pas entendu qu'on criait. J'ai seulement été réveillée par des pas dans le couloir et par des portes qui s'ouvraient et se fermaient. Quand j'ai compris ce qui se passait, je me suis doutée qu'on m'accuserait et j'ai essayé de m'en aller. Puis vous m'avez empêchée de partir. Je me suis souvenue du bas et j'ai introduit l'autre dans le tuyau de la toilette. Vous en savez assez ?

Maigret se leva, mit son chapeau, mais pas son pardessus, ouvrit la porte et prononça simplement :

— Viens !

Il traversa avec elle, en la surveillant de près, de nombreux couloirs, grimpa des escaliers étroits, atteignit enfin l'Identité judiciaire où passent à l'anthropométrie tous ceux et celles qui ont été arrêtés au cours de la nuit.

C'était l'heure des femmes. Il y en avait encore une vingtaine, la plupart des filles publiques de bas étage qui avaient l'habitude du cérémonial et qui se déshabillaient d'elles-mêmes.

Celui qui n'aurait pas connu Maigret l'aurait pris à cet instant pour un gros homme faisant sans conviction un métier quelconque.

— Déshabille-toi... soupira-t-il en allumant à nouveau sa pipe.

Mais il dut détourner la tête pour que sa prisonnière ne vît pas l'étrange sourire qui montait à ses lèvres.

— Me mettre toute nue ?
— Parbleu !...

Il devinait un combat. Il attendait avec une certaine anxiété. Enfin, elle arracha littéralement la veste de son tailleur, puis son chemisier de soie crème, s'assit pour retirer ses chaussures.

En baissant le regard, le commissaire constata que les mains de Céline tremblaient et il faillit mettre fin à cette épreuve.

— Tu prétends toujours que tu te livrais au racolage sur la voie publique, n'est-ce pas ?

Elle fit « oui », l'œil fixe, les dents serrées, laissa tomber sa jupe tandis qu'on voyait deux petits seins très droits poindre sous la chemise.

— Maintenant, prends la file... On va t'examiner.

Et, d'un geste en apparence machinal, il saisit les vêtements qu'il emporta dans le bureau voisin. C'était le laboratoire où, parmi les éprouvettes et les appareils de projection, des spécialistes se livraient à des recherches minutieuses.

— Dis donc, Éloi, que penses-tu de ces frusques ?

Un grand jeune homme saisit le costume tailleur, le tâta en connaisseur, mit d'abord le doigt sur l'étiquette.

— Cela vient d'une maison de Bordeaux. Drap d'excellente qualité, façon soignée. Un vêtement de jeune femme de la bonne bourgeoisie.

— Je te remercie.

Quand il retourna du côté des femmes, il entendit les éclats d'une discussion et un peu plus tard le photographe de l'Identité judiciaire vint lui annoncer :

— Il n'y a rien à faire ! Chaque fois que je veux prendre un cliché, elle ferme les yeux, enfle une joue, tord la bouche, bref, s'arrange pour se rendre méconnaissable.

— Qu'elle se rhabille ! concéda Maigret avec une certaine lassitude. Pas trouvé de fiche avec ses empreintes, bien entendu ?

— Non ! Elle n'a jamais eu affaire à la police. Tenez ! Voici le docteur qui vous cherche...

C'était un jeune médecin que Maigret connaissait bien. Les deux hommes, dans un coin, parlèrent longtemps à voix basse. Quand ils eurent fini, la jeune fille reparut, en tailleur, les yeux fixes, le teint si pâle que le commissaire en eut pitié.

— Vous êtes décidée à parler ?
— Je n'ai rien à dire.

Ils étaient à nouveau dans le bureau de Maigret et, chose curieuse, une sorte d'intimité s'était établie entre le commissaire et la jeune fille. S'ils ne se regardaient pas comme des amis, bien au contraire, ils n'étaient pas non plus comme deux étrangers.

— Vous savez ce que m'a dit le docteur ?

Elle rougit et peu s'en fallut peut-être qu'elle fondît en larmes.

— Je suppose que vous le devinez ? Il n'y a pas un mois que...

— Taisez-vous !

— Vous avouez donc qu'il n'y a pas un mois vous étiez encore une vraie jeune fille. Je voudrais que vous avouiez aussi que vous ne m'avez pas donné votre vrai nom.

Elle essaya d'ironiser :

— Du moment que vous faites les questions et les réponses !

— C'est cela ! Je vais faire les questions et les réponses. Ou plutôt, je vais essayer de reconstituer les événements. Vous habitez la province, je ne sais pas encore où, mais probablement dans la région de Bordeaux...

Il ne lui échappa pas que la jeune fille marquait une certaine satisfaction : donc, ce n'était pas Bordeaux !

— ... vous étiez une petite jeune fille sage et il est probable que vous viviez avec vos parents... Georges Bompard est entré dans votre vie... Il vous a fait la cour... Vous vous êtes donnée à lui et il vous a entraînée dans son sillage...

Elle détourna la tête, comprenant que le commissaire ne parlait que pour surprendre ses réactions.

— Vous faites un roman populaire ? railla-t-elle, d'une voix qu'elle n'arrivait pas à rendre tout à fait canaille.

— Presque, puisque nous allons en arriver à l'abandon...

— C'est-à-dire que Georges m'annonce que nous devons nous séparer et que je le tue, puis je vais cacher le couteau... Au fait ! Où aurais-je bien pu cacher le couteau ?

— Pardon ! Qui vous a dit qu'il avait été tué d'un coup de couteau ?

— Mais... Dans les corridors... On en parlait...

— Dans ce cas, puisque vous venez d'être si loquace, continuez et dites-moi où, en effet, vous avez caché cette arme...

— Vous vous croyez fort, dites ?

— Ce dont je suis sûr, en tout cas, c'est que vous êtes très forte ! Au point de subir la visite, ce matin, et la promiscuité des filles publiques, plutôt que d'avouer que vous aviez menti en parlant de racolage !

— Vous êtes naïf !

— Parce que ?

— Parce que le fait que j'étais jeune fille il y a un mois ne prouve rien. Vous comptez me questionner encore longtemps ?

— Aussi longtemps que ce sera nécessaire. Je vous signale, à titre d'indication, qu'un homme, voilà trois ans, est resté trente-sept heures sur la chaise que vous occupez. Il était entré comme témoin. Il est reparti menottes aux poings et il est maintenant en Guyane.

Elle esquissa une moue de mépris.

— À votre aise ! laissa-t-elle tomber. J'attends donc patiemment vos questions. Vous avez commencé par tâter ma ceinture. Puis vous avez trouvé le moyen de me voir toute nue. Je finis par me demander si, en fin de compte, vous n'êtes pas un gros vicieux...

Maigret ne répondit pas mais, peut-être pour la punir, il la laissa un quart d'heure sans rien dire, tandis qu'il examinait des papiers sans intérêt.

— Combien Bompard vous a-t-il donné pour la nuit ? fit-il en relevant soudain la tête. Car, puisqu'il vous a trouvée dans la rue, il est normal que...

— Qu'il m'ait payée ! Il m'a donné mille francs...

— Il y a, en effet, un billet de mille francs dans votre sac. Les autres clients vous avaient-ils habituée à tant de générosité ?

— Cela dépend desquels.

À ces moments-là, Maigret l'aurait volontiers giflée. Les criminels les plus célèbres des trente dernières années avaient défilé dans ce bureau. L'un d'eux, un ancien homme de loi qui avait fini tragiquement dans le crime, était tellement retors que plusieurs fois le commissaire avait dû sortir pour cacher sa rage.

Mais, en l'occurrence, ce n'était qu'une gamine qu'il avait devant lui ! Elle avouait dix-neuf ans et il n'aurait pas été étonné d'apprendre qu'elle n'en avait que dix-sept.

Depuis des heures, déjà, ils étaient en tête à tête et il n'avait rien appris, pas même son nom, ni son pays d'origine ! Elle mentait effrontément. C'est à peine si elle essayait de s'en cacher. Ou, plutôt, elle semblait dire :

— Ce n'est pas à moi de vous dire la vérité, n'est-ce pas ? C'est à vous de la découvrir !

Janvier était revenu de la rue de Miromesnil avec un lot de photographies, dont certaines plus que suggestives. Maigret les avait examinées une à une, lentement, non sans constater la rage froide de sa partenaire.

— Jalouse ? lui avait-il demandé.

— D'un client d'une nuit !

Toujours est-il qu'aucune photo ne ressemblait à Céline et que les renseignements sur Bompard étaient plutôt maigres.

On avait trouvé la maison qui l'employait : une maison d'éditions musicales du boulevard Malesherbes. L'éditeur, questionné, avait répondu :

— Bompard était un curieux homme, que je voyais très peu. C'était un excellent représentant, mais il avait ses manies, comme celle de changer sans cesse ses itinéraires. Il aimait s'entourer de mystère et, dans la maison, nous le considérions comme un bluffeur. Parfois, il laissait entendre qu'il appartenait à une famille illustre. Il s'habillait avec un soin méticuleux et une originalité qu'il m'est arrivé de trouver exagérée, étant donné sa profession...

À trois heures de l'après-midi, le bureau de Maigret affichait toujours le même désordre, avec, en plus, des verres à bière sur la table, des restes de sandwiches, des cendres de pipe un peu partout et des bouts de cigarettes, car le commissaire avait fini par envoyer chercher des cigarettes pour Céline.

La situation, à tout prendre, frisait le ridicule et cela devait se savoir dans la maison, car, à plusieurs reprises, des collègues vinrent entrouvrir la porte sous des prétextes évidents.

À l'hôtel de *L'Étoile du Nord*, le brigadier Lucas, le meilleur collaborateur de Maigret, menait en vain une enquête approfondie. Non seulement le couteau demeurait introuvable (et on avait démonté tous les w.-c. !), mais aucun témoignage n'apportait le plus petit indice.

Si bien, qu'en somme, on ne savait que ceci : un peu après trois heures du matin, une certaine Céline, dont on ignorait tout, avait sonné à l'hôtel et avait demandé une chambre pour le reste de la nuit.

Moins d'un quart d'heure plus tard, Georges Bompard, porteur d'une trousse de voyage, pénétrait dans le même hôtel et louait une chambre où Céline ne tardait pas à le rejoindre.

Deux heures après, enfin, Bompard ouvrait la porte, appelait au secours et s'affalait, atteint d'un coup de couteau dans le milieu du dos, cependant que la jeune fille essayait de disparaître.

Les journaux de l'après-midi venaient de sortir. Ils publiaient en première page la photographie d'une Céline méconnaissable, tant la jeune fille s'était obstinée à grimacer devant l'objectif.

— Dites-moi, mon petit, quand Bompard vous a accostée, dans cette rue de Montmartre, dont vous avez oublié le nom, avait-il déjà sa mallette à la main ?

— Non !

— Vous êtes entrés dans deux boîtes de nuit. Il n'avait toujours pas de mallette ? Et pourtant, quand il est descendu à l'hôtel, il en avait une...

— Nous sommes allés la chercher ensemble dans un petit bistrot ouvert toute la nuit, près de la place Pigalle, où il l'avait laissée en consigne.

— Dans la chambre, il a ouvert cette mallette devant vous ?

— Non... Oui... Je ne sais plus...

— D'où a-t-il retiré le billet de mille francs ?

— Sans doute de son portefeuille !

— Sachez que ce portefeuille, quand nous l'avons trouvé, était vide. Il faudrait donc croire que Bompard vous a donné tout ce qu'il avait sur lui, en gardant à peine assez de monnaie pour payer sa chambre le lendemain matin...

— Cela ne me regardait pas !

Évidemment ! Elle avait réponse à tout et sa thèse était logique dans son incohérence même !

Que tenter d'autre pour la démonter ? La chansonnette ? Maigret s'y résigna, prit son air le plus bonhomme :

— Vous ne trouvez pas que nous finissons, l'un comme l'autre, par être ridicules ? De mon côté, j'essaie de vous faire dire que vous avez tué Bompard, alors que vous ne l'avez peut-être pas tué. De l'autre côté, vous vous obstinez à prétendre que vous ne savez rien, alors que vous savez quelque chose...

— C'est donc moi qui tiendrais le bon bout ! remarqua-t-elle.

— Ma foi, oui ! Seulement, cela ne durera pas. Lucas vient de me téléphoner qu'il est sur une piste sérieuse. D'une heure à l'autre, la situation sera renversée et vous vous trouverez en mauvaise posture...

» Raisonnons calmement, tous les deux, et arrêtez-moi si je me trompe... D'abord, un fait indéniable : Bompard a été tué d'un coup de couteau... Or, il est improbable, à moins de croire à la préméditation, que vous ayez eu un couteau de cette taille dans votre sac à main... Il ne devait pas davantage en traîner sur la table... Et la trousse de toilette, qui aurait pu en contenir un, était fermée...

— Je n'ai jamais affirmé cela !

— Soit !... Elle était fermée ou ouverte, cela importe peu... Le fait est qu'une femme de votre gabarit se risque rarement à jouer du couteau... Si vous aviez eu l'intention de tuer un amant infidèle, ou un séducteur cynique, vous auriez fait l'emplette d'un revolver...

» Donc, vous n'avez pas tué Bompard...

» Il faut donc supposer que quelqu'un est venu du dehors et je vais vous prouver que ce quelqu'un ne peut être venu qu'alors que vous étiez là...

Elle s'était levée et avait collé le front à la vitre, tandis que le crépuscule tombait sur un Paris mouillé.

— En premier lieu, si vous étiez partie calmement, après des étreintes qui ne me regardent pas, il est fort probable que vous n'auriez pas oublié un de vos bas au pied du lit... Vous auriez ramassé avec soin vos affaires, en petite personne raisonnable et calme que vous êtes...

Il disait cela par ironie car, au même moment, il voyait comme des frissons passer sur la nuque de la jeune fille.

— Vous m'écoutez, Céline ? En second lieu, Bompard a été frappé dans le dos, ce qui indique, ou qu'il était occupé avec une tierce personne – vous ! – quand l'assassin a surgi, ou qu'il ne se méfiait pas de cet assassin...

» Voilà où nous mène un raisonnement à peu près rigoureux !... Maintenant, j'ai un conseil à vous donner, dans votre intérêt : c'est de parler le plus tôt possible... Vous voulez me faire croire que vous exercez la profession de racoleuse, pour ne pas employer un mot plus cru...

» Si je me laissais persuader, je ne manquerais pas de vous faire remarquer que, dans ce cas, vous avez fort probablement un amant, un de ces amis sérieux qu'on appelle aussi d'un autre nom... Cet amant, vous voyant entrer à l'hôtel avec un homme riche en apparence, a pu avoir l'idée de le dévaliser...

» Vous m'avez suivi ? Et vous comprenez enfin que votre intérêt est de me dire nettement et sans détours ce que vous avez vu ?

Il y eut un long silence. La jeune fille regardait toujours par la fenêtre. Maigret était à l'affût de ses moindres réactions, mais sans grand espoir.

Enfin, elle se retourna, aussi pâle que le matin, quand elle sortait de l'Identité judiciaire. Elle alla s'asseoir sur sa chaise avec lassitude, repoussa du pied les papiers épars sur le plancher.

— C'est tout ? soupira-t-elle.

— Pourquoi ne pas avouer tout de suite ce que vous serez forcée d'avouer dans une heure ou deux ?

Un amer sourire retroussant ses lèvres, elle laissa tomber :

— Vous croyez ?

On aurait pu penser qu'elle était vaincue, qu'elle allait se décider. Elle restait là, à regarder le sol les mains jointes sur ses genoux croisés.

Maigret n'osait pas bouger, par crainte de l'influencer.

Enfin elle se secoua, chercha les cigarettes sur le bureau, en prit une qu'elle alluma d'un geste familier.

— Vous faites un drôle de métier ! constata-t-elle alors. Cela ne vous gêne pas un peu ?

Il ne broncha pas.

— Vous croyez que c'est malin, tout ce que vous avez raconté ? Et vous vous figurez vraiment que vous savez quelque chose de moi ?

— Je me figure que je vais savoir, dit-il d'un ton pénétré.

— Sans blague ?

C'était décourageant. D'une seconde à l'autre elle changeait, reprenait son accent du matin, quand elle parlait de sa vie de racoleuse.

— C'est toujours de cette façon que vous menez vos enquêtes ?

Au lieu de se fâcher, Maigret était ému, car on percevait enfin en elle une angoisse contenue, un désespoir qui allait peut-être renverser la frêle barrière de sa volonté.

— Écoutez, Céline...

— Je ne m'appelle pas Céline !

— Je sais.

— Vous ne savez rien du tout ! Vous ne saurez rien ! Et, si le malheur veut que vous sachiez quelque chose, vous en porterez le poids sur la conscience. Maintenant, envoyez-moi en prison si cela vous amuse. Donnez des interviews aux journalistes qui écriront des colonnes sur la jeune fille qui ne veut pas dire son nom...

— Qu'est-ce que vous faisiez à Bordeaux ?

— Quand ? s'écria-t-elle en tressaillant.

— Il n'y a pas bien longtemps. Je vous donnerai la date exacte tout à l'heure. D'après votre accent, vous n'êtes pas du tout du Midi, ni du Sud-Ouest. Et pourtant...

Elle soupira, accablée par une lassitude qui n'était pas feinte :

— Je n'en peux plus ! Si vous m'envoyiez en prison, là, du moins, je pourrais peut-être dormir ?

— Vous pourrez dormir dès que vous m'aurez dit...

— C'est un chantage ?

Il se troubla, balbutia :

— Mais non, espèce d'idiote ! Vous ne comprenez pas que ce que je fais, c'est pour vous ? Vous ne savez pas que, quand vous aurez franchi cette porte, vous serez une inculpée et que vous ne dépendrez plus que du Parquet ? M'avez-vous vu prendre une seule note ? M'avez-vous vu rédiger un procès-verbal de cet interrogatoire ?

Elle l'observait curieusement.

— Tant que vous êtes ici, comprenez bien que...

Mais il n'acheva pas. Il en avait déjà trop dit. Il l'aurait battue, comme une petite fille désobéissante et, à d'autres moments...

— Voulez-vous que nous reprenions par le commencement, que je vous prouve que votre système ne tient pas debout ?

Elle leva les yeux vers lui et articula :

— Je le sais !

— Alors ?

— Alors, ce n'est pas possible de faire autrement. Je n'en peux vraiment plus. Si vous me laissiez coucher par terre, je dormirais...

La sonnerie du téléphone retentit et Maigret tourna le dos à la jeune fille qui, effectivement, se coucha sur le plancher et ferma les yeux.

3

— Allô !... C'est toi ?... Tu as encore du travail au bureau ?... C'est l'électricien qui est ici et qui demande s'il doit installer une prise de courant dans la remise aux outils...

Mme Maigret téléphonait de là-bas, à Meung-sur-Loire, où la petite maison remise à neuf attendait le commissaire dans quarante-huit heures.

— Quel temps fait-il ? questionna-t-il.

— Sec... Il y a grand vent...

À Paris, il pleuvait toujours et Maigret aurait aimé que le vent de la Loire vînt balayer l'atmosphère tendue, crispée, malsaine de son bureau où, depuis des heures et des heures, se poursuivait une lutte épuisante.

L'écouteur à l'oreille, il laissait peser son regard sur cet être énigmatique qui lui tenait tête avec l'énergie invraisemblable dont certaines femmes sont seules capables et qui mentait comme savent mentir les jeunes filles.

— J'écoute, oui...

— Je peux encore te parler un instant ? L'électricien demande encore s'il doit poser un timbre à la porte d'entrée. Moi, je pense que le marteau suffit...

— Parbleu !

Mais son « parbleu » ne s'appliquait pas seulement à la porte d'entrée et au timbre de la maison de Meung. Maigret n'écoutait plus. Il avait hâte de raccrocher, de s'occuper d'autre chose. Il répondait vaguement :

— Oui... Bien... Fais comme tu voudras... C'est ça... Bonsoir, chérie...

Et le « chérie » suffisait à ramener vers lui le regard curieux de la jeune fille, tant il est vrai qu'une femme reste une femme en dépit du tragique des événements.

Ouf... Maigret a une sensation de délivrance. Il lui semblait qu'après avoir tourné longtemps en rond sans trouver la moindre issue, il se trouvait enfin devant celle-ci. Il avait recouvré sa faculté de raisonnement. Son tort avait été de rester trop longtemps avec cette gamine dans une atmosphère étouffante.

— Allô... Lucas est rentré... Qu'il monte immédiatement à mon bureau... Oui, avec tous les procès-verbaux de l'affaire de *L'Étoile du Nord*...

Là-dessus, une pipe, une gorgée de bière, quelques pas vers la fenêtre qu'il entrouvrait en dépit de la pluie.

— Un instant seulement, pour changer l'air... s'excusa-t-il.

Certes, il n'avait pas trouvé l'assassin de Georges Bompard et l'idée qu'il venait d'avoir n'avait rien de sensationnel, mais elle suffisait à le faire sortir du cercle.

Cette idée était celle-ci : quand le crime avait été commis, il y avait au rez-de-chaussée un gardien de nuit sans l'aide duquel il était impossible de sortir de l'hôtel. Or ce gardien de nuit déclarait n'avoir ouvert la porte à personne et n'avoir pas quitté son poste.

D'autre part, au premier étage, le patron était debout, occupé, avait-il dit, à passer son pantalon, et il s'était précipité vers l'étage dès qu'il avait entendu les appels au secours.

En supposant donc, comme Maigret le faisait, que la jeune fille n'avait pas tué...

En supposant qu'elle avait assisté au drame et qu'elle se taisait pour une raison majeure...

Lucas entrait, une liasse de papiers à la main.

— Entre ! Assieds-toi ! Tu as la déposition du gardien de nuit ?

Et il lut à mi-voix, du bout des lèvres :

— *Joseph Dufieu, né à Moissac... Ai entendu les appels venant du second étage presque en même temps que les pas de mon patron dans l'escalier... C'est moi qui ai téléphoné aussitôt à Police-Secours, puis qui ai appelé un agent qui passait et qui s'est mis en faction devant l'hôtel...*

Maigret le faisait-il exprès de poursuivre son

enquête en présence de la jeune fille ? Toujours est-il qu'elle dressait l'oreille et manifestait une certaine inquiétude.

— Tu as interrogé tous les locataires, Lucas ?

— Les procès-verbaux sont ici... J'ai la certitude qu'aucun d'eux ne connaissait la victime, n'avait par conséquent de raison de s'attaquer à elle...

— Le patron ? D'où est-il, lui ?

— Toulouse.

C'était encore vague, certes, mais dans cette brume, des idées n'en commençaient pas moins à se dessiner et Maigret marchait de long en large, les mains derrière le dos, la pipe aux dents. Il refermait la fenêtre, se campait de temps en temps devant son inconnue que cette transformation troublait.

— Bon ! Suis bien mon raisonnement, Lucas ! Suppose que mademoiselle ici présente n'ait pas tué Bompard. D'après ton enquête, ce n'est pas non plus un voyageur qui est le meurtrier. Or, deux hommes affirment que personne n'est sorti de l'hôtel. Ces deux hommes sont Dufieu, le gardien de nuit, et le patron... Qu'est-ce qui empêche que l'un ou l'autre soit une ancienne connaissance de Bompard, ayant une vieille querelle à vider avec lui ?

Il s'interrompit soudain, mécontent.

— Non ! Ce n'est pas le gardien de nuit, puisque Bompard a vu celui-ci en arrivant, lui a remis sa fiche, a eu le temps de le reconnaître. Si une discussion ou un règlement de comptes avait dû avoir lieu entre eux, cela se serait produit avant, dès trois heures et demie du matin.

Pourquoi la jeune fille se détendait-elle, comme soulagée ? Et pourquoi Maigret poursuivait-il, toujours à voix haute :

— Quant au patron !... Voyons ! Se fait-il réveiller par le gardien de nuit ?... Non... Il possède un réveille-matin... Il n'était pas encore descendu au moment des appels au secours... Dufieu n'était pas monté... Donc, le patron ne pouvait savoir que Bompard était dans son établissement...

Il s'assit lourdement. Comme cela arrive souvent, il était parti avec confiance sur une idée et il s'apercevait qu'elle ne le conduisait nulle part.

— Fais-nous monter à boire, Lucas... Qu'est-ce que vous prenez, ma petite ?

— Un café !

— Vous croyez que vous n'êtes pas assez nerveuse comme ça !

Dire que, d'un mot, elle aurait pu tout éclairer et qu'elle se taisait obstinément ! Il la regardait avec rancune. Il voulait aboutir coûte que coûte. Il ne se voyait pas, à la fin de sa carrière, remettant la jeune fille aux mains du juge en déclarant :

— Elle est coupable ou elle ne l'est pas. Voilà plus de douze heures que je la chambre et je n'ai obtenu aucun résultat...

Lucas, lui, savait qu'en ces occasions il valait mieux se faire tout petit et, après avoir commandé les demis et le café, il se tenait immobile dans un coin.

— Tu comprends, vieux ? Il y a un personnage auquel je suis toujours obligé de revenir : c'est le gardien de nuit. Seul, il savait que Bompard était dans l'hôtel. Seul, il pouvait voir sortir l'assassin... Attends !...

On frappa à la porte. Il hurla :

— Non ! Je ne suis pas là !... Pour personne !... Il était à nouveau debout, animé.

— La liste des locataires, vite ! Tu as bien dit que le garçon était de Moissac ?... Le patron de Toulouse ?... Voyons les voyageurs... Londres... Amiens... Compiègne... Marseille... Mercy-le-Haut... Pas un seul Moissac !... Pas un Toulouse !...

Il avait à peine prononcé ces mots qu'en se tournant vers la jeune fille il surprenait son regard apeuré, ses petites dents qui mordillaient fiévreusement la lèvre inférieure.

— Tu devines où je veux en arriver, Lucas ? Bompard, en bonne fortune, comme cela doit être son habitude, si j'en juge par les photographies découvertes chez lui, descend dans un hôtel quelconque, en face de la gare du Nord... Quelqu'un l'a reconnu, quelqu'un qui a des raisons de lui en vouloir... Ce quelqu'un, cette gamine butée le connaît aussi, puisqu'elle se tait, puisqu'elle invente n'importe quoi plutôt que de dire la vérité... Nous brûlons, je le sens. Nous, sacrebleu...

Il répéta rêveusement :

— Moissac !... Toulouse ! Et le costume tailleur vient d'une maison de Bordeaux...

Il décrocha l'appareil téléphonique, le passa à Lucas.

— Demande-moi l'éditeur de musique pour qui travaillait Bompard... Qu'il te dise quelle a été la dernière tournée de son voyageur...

Dans ces moments-là, on eût dit que Maigret grandissait, devenait plus épais et plus large. Il fumait par bouffées épaisses et parfois c'était un regard vraiment écrasant qu'il laissait tomber sur la jeune fille. Il semblait dire :

« C'est entendu ! Quand vous m'avez vu, vous vous êtes imaginé que j'étais beaucoup moins malin que certains le prétendent. Un bon gros, n'est-ce pas ? Un bon gros qu'une petite fille peut allumer et qui va s'amuser à la faire déshabiller ! Un sentimental, par-dessus le marché, qui roule des yeux attendris, qui se fâche, qui s'énerve ! Un instant, ma petite... »

Et, à Lucas occupé à téléphoner :

— Qu'est-ce qu'il dit ?

— Bompard a dû passer les derniers mois dans le Sud-Ouest.

— Suffit ! Raccroche !

Il vida son demi d'un trait, tisonna le poêle pendant un bon moment, se retourna, soudain calme, et dit à Lucas, d'une voix si inattendue que la jeune fille ne put s'empêcher de sourire :

— Tu ne pouvais pas me faire remarquer que j'étais un idiot ?

— Mais, patron...
— Les valets de chambre et les femmes de chambre... Tu les as questionnés ?
— Oui, patron... Il n'y a que deux femmes de chambre qui couchent à l'hôtel, au sixième... Elles n'ont rien entendu, fatalement... Elles sont descendues les dernières, quand le remue-ménage les a tirées du sommeil...
— Tu as les noms ?
— D'abord Berthe Martineau, dix-neuf ans...
— D'où ?
— Je cherche... Voilà... de Compiègne...
— L'autre !
— Lucienne Jouffroy... quarante-cinq ans... de... de Moissac...

Et Lucas, qui était de petite taille, leva vers le commissaire un regard à la fois stupéfait et admiratif.

— Tu as compris, maintenant ? Saute dans un taxi ! Va me la chercher... Mais fais vite, sacrebleu !...

Et il poussa le brigadier dehors, referma la porte avec un geste de lassitude heureuse.

Il regardait les photographies les unes après les autres et s'avisait seulement que les maîtresses de Bompard étaient toutes des jeunes filles et souvent de très jeunes filles.

— Laquelle est-ce ? demandait-il, d'un ton bon enfant, à sa prisonnière.

Ils avaient presque aussi sommeil l'un que l'autre.

Les épaules de Céline se tassaient. Au lieu de répondre, elle hochait négativement la tête.

— Le portrait de Lucienne Jouffroy n'est pas là-dedans ?

— Je ne peux encore rien dire ! soupira-t-elle enfin avec effort.

— Pourquoi ? Vous attendez l'arrivée de cette femme ? Avouez que vous êtes de Moissac !

— Je parlerai tout à l'heure !

— Pourquoi pas maintenant ?

— Parce que !

— Savez-vous ce que je ferais, moi, si j'avais une fille comme vous ? Je lui donnerais de temps en temps une bonne paire de claques, histoire de lui apprendre à vivre. Tenez ! Je parie que vous avez commencé par collectionner des photographies d'artistes de cinéma. Non ? Alors, vous avez lu trop de romans...

Doucement elle rectifia :

— Je faisais de la musique...

Et elle sursauta quand Maigret affirma avec assurance :

— C'est la même chose ! Vous vous exaltiez ! Vous avez rencontré Georges Bompard. Ce qui m'étonne, par exemple, c'est que vous vous soyez emballée pour un voyageur de commerce...

Elle rectifia encore :

— Il m'a dit qu'il était compositeur. Il jouait admirablement du piano...

L'intimité s'était recréée entre eux, cette intimité curieuse qui s'établit plus souvent qu'on ne le pense entre le policier et le criminel. Le bureau était surchauffé, plein de fumée. On entendait vaguement les bruits de la P.J., les coups de téléphone dans les pièces voisines, les pas dans le long couloir et, à l'arrière-fond, montaient les klaxons d'autos sur le pont tout proche.

— Vous l'aimiez ?

Elle ne répondit pas, baissa la tête.

— Vous l'aimiez, c'est certain ! Et je me demande si c'est lui qui vous a emmenée ou si c'est vous qui l'avez suivi, qui vous êtes raccrochée à lui.

Elle répliqua simplement, en levant les yeux :

— C'est moi, après !

Il comprit. Il se retrouvait de plain-pied dans la réalité banale qui est au fond des affaires les plus compliquées en apparence.

Un voyageur de commerce qui aimait les jeunes filles et qui se poétisait à leurs yeux en se donnant pour un grand compositeur...

Une provinciale exaltée comme on l'est à dix-huit ou dix-neuf ans et qui, après avoir cédé, avait voulu défendre son bonheur...

— C'est lui qui vous a amenée à Paris ?

— C'est moi qui y suis venue.

— Il vous avait donné son adresse ?

— Non... Il s'entourait de mystère... Mais il m'avait dit qu'il fréquentait certain café du boulevard Saint-Germain... C'est là que je l'ai rencontré… Je n'avais pas de bagages et il est allé chercher sa trousse de toilette… Il me priait de rester quelques jours à l'hôtel, après quoi il serait libéré de certaines obligations et pourrait s'occuper exclusivement de moi.

Le matin, quand elle essayait de se donner pour une aventurière sans envergure, Maigret avait failli la croire, tant elle jouait cette comédie à la perfection. Au cours de la journée, il l'avait vue tour à tour très enfant et très femme, raidie et abattue, méchante et découragée.

— Votre inspecteur ne va pas vite, remarqua-t-elle soudain en regardant sa montre-bracelet.

— C'est un brigadier…

— Je ne connais pas la différence.

— Il y a longtemps que vous avez quitté Moissac ?

— Je ne dirai rien maintenant…

— Vous connaissiez le gardien Dufieu ?

— Je parlerai quand le brigadier sera revenu.

— Donc, vous croyez que Lucienne Jouffroy est partie ?

— Je n'en sais rien… Faites-moi encore monter du café, voulez-vous ? Je suis écrasée de fatigue…

Il téléphona au garçon de bureau. Peu après, on lui passa une communication.

— Hein ?… Tu dis ?… Tant pis, mon vieux ! Il fallait s'y attendre… Mais oui, on va envoyer le signalement à toutes les frontières…

Il se tourna vers la jeune fille.

— C'est le brigadier Lucas… Il m'annonce que

Lucienne Jouffroy a quitté l'hôtel à la fin de la matinée sans prévenir personne...

Et, dans l'appareil :

— Reviens tout de suite... C'est ça...

Il raccrocha et trouva son interlocutrice méfiante.

— Je suppose que, maintenant, rien ne vous empêche de parler ?

— Qu'est-ce qui me prouve que vous ne me mentez pas ? Peut-être même n'y avait-il personne au bout du fil ?

— Bravo pour la confiance ! Eh bien, mon petit, puisqu'il en est ainsi, il nous suffit d'attendre le retour de Lucas. Vous le croirez, lui ?

— Peut-être.

Ils finissaient par être à cran l'un et l'autre. Un quart d'heure s'écoula sans que deux phrases fussent échangées et enfin Lucas arriva, confus, inquiet.

— J'aurais dû y penser dès ce matin, patron...

— Comment voulais-tu y penser ce matin puisque je n'y ai pas pensé moi-même ? Et le gardien de nuit ?

— Il est ici, dans le couloir.

— Qu'est-ce qu'il dit ?

— Rien ! Il prétend qu'il ne sait rien...

— Fais-le entrer.

Le bonhomme, les épaules basses, lança à Maigret un coup d'œil sournois.

— Quelles étaient au juste vos relations avec Lucienne Jouffroy ?

— C'était ma belle-sœur.

— Asseyez-vous. Ne craignez rien. Mais répondez franchement à mes questions. Votre belle-sœur avait une fille ?

— Rosine, oui !

— Qu'est-elle devenue ?

— Elle est morte.

— De quoi ?

Silence obstiné. Maigret insista :

— De quoi ?

Et ce fut Céline qui murmura en se tournant vers le gardien :

— Vous pouvez le dire, Joseph !

— Elle est morte d'une opération qu'elle s'est fait faire parce qu'elle était enceinte. Elle avait seize ans...

— Cela se passait à Moissac ?

— À Moissac, il y a trois ans.

— Et Georges Bompard était en tournée là-bas ?

— C'est lui qui a tout fait... C'est lui aussi, quand elle est allée le trouver pour lui annoncer qu'elle était enceinte, qui l'a menée chez une sage-femme...

— Un instant, Dufieu ! Je suppose que c'est à la suite de ces événements que votre belle-sœur est venue à Paris et que c'est vous qui l'avez fait entrer comme femme de chambre à *L'Étoile du Nord* ?

L'autre fit oui de la tête.

— Cette nuit, vous avez été très étonné, j'en suis certain, en voyant arriver dans ce même hôtel, à trois heures du matin, une jeune fille que vous connaissiez, une jeune fille de bonne famille de Moissac...

— Mlle Blanchon, murmura-t-il malgré lui.

— La fille du juge Blanchon ?

Dufieu, effrayé, se tourna vers la jeune fille et celle-ci articula nettement :

— Geneviève Blanchon, oui, monsieur le commissaire. Mon père ne sait rien. C'est hier matin seulement que j'ai quitté Moissac, où Bompard m'avait promis de m'écrire et où je ne recevais pas de nouvelles...

— Un instant, voulez-vous ? Donc, Dufieu, vous avez été surpris en voyant cette jeune fille, mais vous l'avez été beaucoup plus lors de l'arrivée de Bompard. Gardien d'hôtel, le fait qu'ils se présentaient quelques minutes l'un après l'autre ne vous trompait pas.

— Non, monsieur le commissaire.

— Vous êtes donc monté au sixième pour avertir votre belle-sœur.

— C'est exact.

— Vous vous doutiez que cela finirait par un drame ?

— Je savais que ma belle-sœur avait envie de se venger de cet homme.

Maigret se tourna vers le brigadier.

— Lucas ! Emmène-le dans ton bureau, veux-tu ?

Il préférait rester seul avec la jeune fille, qui maintenant ne pensait plus à crâner.

— Lucienne Jouffroy est entrée tandis que vous étiez là ?

— Oui.

— Vous saviez que sa fille avait été la maîtresse de Bompard ?

— Oui.

— Et qu'il l'avait emmenée chez la faiseuse d'anges ?

— Oui.

— Et, malgré cela, vous l'avez rejoint à Paris ?

Elle dit durement, en baissant la tête :

— Je l'aimais ! Il m'avait fait croire que Rosine avait d'autres amants...

— Si j'étais votre père... grogna Maigret.

— Qu'est-ce que vous feriez ?

— Je ne sais pas, mais... Ainsi vous êtes partie de chez vous sans argent, sans bagages... Et c'est Bompard qui vous a donné mille francs pour vivre à l'hôtel de *L'Étoile du Nord* en attendant...

— Je l'aimais ! répéta-t-elle.

— Et maintenant ?

— Je ne sais plus... Ce que j'ai voulu éviter c'est qu'on arrête Lucienne Jouffroy et aussi que mon père apprenne...

— Vous croyez que c'est facile, vous ?

La sonnerie du téléphone tintait. Maigret répondait, bougon :

— Oui !... Bon !... Tant pis pour elle !... Bien entendu !...

Et, raccrochant :

— Lucienne Jouffroy n'a même pas tenté de franchir la frontière. Elle a erré des heures dans Paris et elle vient de se rendre dans un commissariat où elle a tout avoué... Elle n'a pas parlé de vous ; elle a seulement prétendu que Bompard était couché en compagnie d'une fille publique qu'elle ne connaissait pas...

— Alors ?

— Comme je connais les jurés de la Seine, elle sera sûrement acquittée...

— Et moi ?

— Vous ?

Debout, il donna soudain libre cours à une envie trop longtemps retenue et il gifla la jeune fille qui en resta tellement saisie qu'elle ne put prononcer une parole.

— Venez !

— Où ?

— Cela ne vous regarde pas.

Il la fit traverser les couloirs, se trouva avec elle dans la cour obscure de la P.J.

— Hé !... Taxi !...

Et, l'obligeant à y monter, il grommela comme pour lui-même :

— Il y a deux portières... En supposant que, dans la cohue, quelqu'un sorte par une de ces portières...

Puis il se tut. La voiture longeait la rue de Rivoli. La jeune fille ne bougeait pas.

— Dites donc ! grogna Maigret. Vous avez perdu votre intelligence, oui ?

— J'ai sommeil, soupira-t-elle.

— Eh bien, vous dormirez après... Je vous préviens que si, dans une minute...

Elle entrouvrit la portière, hésita.

Et lui, furieux :

— Mais foutez le camp, sacrebleu !... espèce de dinde !...

Le chauffeur se retourna, ne vit qu'une personne dans son auto, voulut s'arrêter, mais le commissaire baissa la glace et murmura :

— Arrêtez-moi devant une bonne brasserie... J'ai une de ces soifs !...

Rue Pigalle	11
Stan le Tueur	27
L'Étoile du Nord	77

Composition Nord Compo
Impression Novoprint
à Barcelone, le 05 août 2015
Dépôt légal : août 2015
ISBN 978-2-07-046594-1./Imprimé en Espagne.

287158